Jörg Borgerding

# Der Drippendeller

und andere Geschichten

Jörg Borgerding

# *Der Drippendeller*

## *und andere Geschichten*

Für Tilman Thiemig

gute Unterhaltung
wünscht

Jörg Borgerding

Dez. 2008

Auslesen - Verlag

Auslesen-Verlag
(Inhaber Wilhelm Homann)
52372 Kreuzau
Am Bergwerk 9


Printed in Germany
ISBN 13: 978-3-939487-09-8
http://www.auslesen-verlag.de

# Inhalt

Der Drippendeller ........................................................ 6
Zsa Zsa ........................................................ 10
Blaue Söckchen von Pete Townshend ........................................................ 18
Bücherwurm ........................................................ 26
Bufo marina – An den Ufern des Wahnsinns ........................................................ 40
Das große Aufräumen ........................................................ 46
Der Idiot ........................................................ 50
Der Turmdschinn ........................................................ 56
Der Venusbecher ........................................................ 60
Die Liebe in den Zeiten der Vogelgrippe ........................................................ 68
Die Mäusekönigin ........................................................ 70
Die Müllanfuhr kommt! ........................................................ 82
Ein Festmahl für Hitler ........................................................ 88
Girls go crazy 'bout a sharp dressed man ........................................................ 94
Herbert Brochterhagens letzte Versuchung ........................................................ 100
Hochwasser ........................................................ 108
iookl ........................................................ 114
Kühlschrank zu verschenken ........................................................ 120
Mampfred und Claudius ........................................................ 126
Pigur ........................................................ 132
Pilze suchen ........................................................ 136
Timotius Bakker ........................................................ 142
Zeus oder : Wecke nicht der Götter Zorn! ........................................................ 158
300 g ........................................................ 164
Max.190 ........................................................ 172

## Der Drippendeller

Ich bin Drippendeller.
So wie mein Vater, und dessen Vater vor ihm.
Als ich noch ein kleiner Junge war, und meine Spielkameraden davon träumten, Lokführer, Raumfahrer oder General zu werden, war mir schon völlig klar, welchen Beruf ich dermaleinst ausüben würde: Den des Drippendellers!

Mein Großvater war nicht nur der erste Drippendeller in unserer Familie, er war überhaupt der erste Mensch, der dieses Handwerk ausübte. Ein Zufall war es, der meinen Opa zum Drippendeller werden ließ. So, wie es oft im Leben die Zufälle sind, die gravierende Richtungsänderungen in den menschlichen Lebenswegen erzwingen. Ein Defekt in der Kurbelmechanik meiner Urgroßmutter Butterfass initiierte den Beginn der Drippendellerei. Uroma war schon im Begriff, sich ein neues Butterfass zu kaufen, da das alte reichlich zwanzig Jahre lang einen ordentlichen Dienst geleistet hatte. „Warte mal“, mag mein Großvater seine Mutter aufgehalten haben, während er die mit der Hand zu betreibende Rührmechanik des Fasses in Augenschein nahm. Eine kleine Zwischenmuffe war, infolge mangelnder Wartung und zuwenig Öl, aus der ihr zugedachten Verschlonzung gerutscht. So kompliziert und völlig unerreichbar war die Lage, in die sich die Muffe begeben hatte, dass ein Reparaturversuch mit herkömmlichen Werkzeugen aussichtslos gewesen wäre. Mein Großvater, damals ein Jüngling von fünfzehn, vielleicht sechzehn Jahren, aber pfiffig und ingeniös, verschwand für einige Stunden in seines Vaters Werkstatt. Man hörte ihn hämmern und feilen, sägen und fluchen. Am frühen Abend jenes für seinen und auch meinen Lebensweg so entscheidenden Tages kam er plötzlich und möglicherweise: „Ich hab's!“ rufend aus dem Schuppen geeilt. Er lief in die kühle Küche, in der das Butterfass stand. In der Hand hielt er ein merkwürdig aussehendes Gerät aus miteinander verflochtenen, dicken Drähten, von denen einige horizontal, andere vertikal beweglich waren. Er umschlang die irregeleitete Muffe des Butterfasses mit einer dieser Schlaufen, zog dann entschlossen an der seitlich etwas abstehenden, drahtenen Kurbel, um dann mit einem kurzen, kräftigen Hieb der rechten Hand auf eine mit einer Holzkugel versehenen Metallstange zu schlagen. Ein trocknes „Plopp" quittierte den Erfolg der Aktion. Die Muffe saß wieder an dem für sie bestimmten Platz, und das Butterfass versah noch etliche Jahre gute Dienste.

Auf dem Lande gab es allerhand bäuerliches Gerät, dessen feine Mechaniken oft an den groben Arbeiten litten, für die sie eingesetzt wurden. Meistens versuchten die braven Bauern halbherzig, diese Defekte selbst zu beheben, was aber häufig mangels Zeit oder Talent misslang. Sie ließen das Gerät dann irgendwo in der Scheune, auf dem Hof oder einem entlegenen Fleckchen ihres Gutes stehen und gaben es somit der Verrottung anheim. Als ein Nachbar meiner Urgroßeltern, einer der eben erwähnten Landmänner, von meines Großvaters mechanischer Großtat hörte, bat er, der Junge möge sich doch seines Erdwühlers annehmen, dessen Trudelmechanik beim letzten Wintertrudeln durch einen unter der Krume befindlichen, großen Stein beschädigt worden war. „All's in Dutten", soll der Bauer zu meinem Großvater gesagt haben, als der sich das Malheur besah. „Nichts ist unmöglich!", soll mein Großvater darauf erwidert haben, um dann wieder für einige Stunden in seines Vaters Schuppen zu verschwinden. Ein anderer, feinerer und komplizierterer Drippendeller war erforderlich, um die verbogenen Zahnräder der Trudelmechanik wieder ordentlich einzudellen. Am folgenden Tag erschien mein Opa mit einer Weiterentwicklung seines erst kürzlich gefertigten Prototyps des Drippendellers auf dem Hofe unseres Nachbarn. Eine knappe Stunde später konnte der überglückliche Bauer die so abrupt unterbrochene Wintertrudelei weiterführen - mit seinem alten Erdwühler!

So war es mit den Anfängen der Drippendellerei und der Entstehung des gleichnamigen Handwerks. Bald mit Aufträgen überhäuft, schlug sich mein Großvater seine ursprünglichen Berufspläne - Schauspieler hatte er werden wollen - aus dem Kopf. Nach dem Abitur eröffnete er seine Drippendellerei. Anfang der fünfziger Jahre, mein Großvater hatte einen hervorragenden Ruf hierzulande, wurde aber auch schon immer häufiger in die angrenzenden Länder bestellt, setzte er sich zur Ruhe und übergab das Geschäft meinem Vater, dem er in vielen Jahren gemeinsamer Arbeit alle Kniffe, Tricks und Geheimnisse der Drippendellerei beigebracht hatte.
Mein Vater setzte viele der unterschiedlichen Drippendeller ein, die Opa entwickelt hatte, schuf aber immer wieder neue, auf die besonderen Erfordernisse zugeschnittene Spezial-Drippendeller.

Heute führe ich das Geschäft, mein Vater hilft mir gelegentlich noch bei Aufträgen, welche Kenntnisse alter, schon lange nicht mehr hergestellter mechanischer Geräte, erfordern. Längst hat der Computer Einzug in die Drippendellerei gehalten. So wäre mein bisher interessantester, weil kniffligster Auftrag ohne die von mir entwickelte Drippendell-Software© nicht lösbar gewesen: Die Millenniumsschleuder, eine eilige und termingebundene Auftragsarbeit eines bedeutenden deutschen Industrieunternehmens für das Fraunhofer Institut in München, wies kurz nach dem ersten Testlauf starke Interkonperlenten am Springtime-Interface auf. Die Beseitigung dieser Unregelmäßigkeiten, die dem guten Leumund des Institutes erheblichen Schaden beigebracht hätten, nahm mich mehrere Tage und Nächte fast ohne Schlaf in Anspruch. Dann war es geschafft - die Millenniumsschleuder lief störungsfrei.

So wie mein Vater und mein Großvater betreibe ich mein Handwerk alleine. Keine Angestellten. Ich nehme nicht mehr Aufträge an, als ich in absehbarer Zeit erledigen kann. Auch nutze ich mein Wissen über die Drippendellerei nicht aus, um ungebührlichen

Profit zu erwirtschaften. Reich hat die Drippendellerei weder meinen Großvater noch meinen Vater und auch mich nicht gemacht. Aber glücklich!

Leider haben meine Söhne kein Interesse an der Drippendellerei. 35-Stunden-Woche, Weihnachtsgeld und Firmenpension bedeuten ihnen mehr als die Freude an unserem Familienhandwerk. So verdient der älteste sein Geld als Berufsurlauber an wechselnden Einsatzorten, während der kleine sein sportliches Talent zum Beruf machen will: Er möchte professioneller Schwurbelspieler werden, später vielleicht eine Schwurbelschule eröffnen. Ich hadere nicht mit meinen Söhnen. So wird es der Drippendellerei letztlich ergehen, wie vielen anderen Handwerksberufen in der Vergangenheit auch, etwa der Beitelpieperei, der Kammhobelei oder dem Scherbenhefeln, um nur diese zu nennen.
Mit mir wird das edle Handwerk der Drippendellerei sterben.

## Zsa Zsa

Armer dummer Jochen. Hast du wirklich geglaubt, ich würde etwas für dich empfinden? Hast du wirklich geglaubt, mit dir würde ich meinen Harry betrügen? Mit einigen Männern könnte ich das möglicherweise, aber nicht mit dir. Ich hab mich immer gefragt, was Elke an dir finden konnte - ausgerechnet an dir! Elke hat Stil und Charme und Humor, Eigenschaften, die dir völlig fehlten. Elke ist eine Dame von Welt, auf ihre Art, und du warst ein Trampel. Ja - ich bin gemein, ich weiß. Ich hab dich in einen Hinterhalt gelockt, dir etwas vorgegaukelt, entschuldige bitte! Und entschuldige bitte auch, dass ich jetzt lachen muss! Du siehst wirklich zu niedlich aus, mit deinen weit aufgerissenen Augen! Da musste ich einfach lachen! Du guckst wie ein kleiner dummer Junge, der erstaunt feststellt, dass seine liebe Mami eine ganz böse Frau ist!
So – jetzt sind sie geschlossen, deine Augen. Ruhe sanft, Jochen!

Ach, vielleicht sollte ich Dir noch erzählen, warum ich dich umgebracht habe. Das bin ich dir schuldig, finde ich. Das geschah wegen Elke, meiner besten Freundin - wegen deiner Elke, und wegen Rocky und Zsa Zsa. Also - das war so, Jochen:

Du kennst doch Rocky, unsere Maine Coon Katze, nicht? Rocky ist von Natur aus sehr eigensinnig, und ein wenig verzogen hab ich ihn auch, ich geb's zu. Wir haben ihn schon ein paar Jahre, er hat sündhaft viel Geld gekostet. Mein Harry ist nicht geizig und wir sind nicht arm, aber als ich damals den Fernsehbericht über diese wunderschönen Katzen, die ja angeblich eine Kreuzung aus Katze und Waschbär sein sollen, was ich aber nicht glaube, also - als ich die Sendung gesehen und mir in den Kopf gesetzt hatte, eine Maine Coon zu haben, hat Harry doch tatsächlich versucht, mich davon abzubringen. Allerdings erfolglos. Was ich haben will, das will ich eben haben. Ich suchte dann einen Maine Coon

Züchter und fand ihn und kaufte den kleinen Rocky - ohne über den Preis zu verhandeln. Rocky ist schon ein Herzchen! Er ist ein Riesenkater geworden, wiegt über acht Kilogramm, und er ist ein Pascha – oh ist der ein Pascha! Viel schlimmer, als selbst du es zu Lebzeiten warst, Jochen! Entschuldige, ich muss schon wieder lachen …

Na, und ich gehe mit meinem Rocky auch so um, wie eine Haremsdame mit ihrem Gebieter. Ich lese ihm jeden Wunsch von den Augen ab! Ich trage ihn von hier nach da. Ich setz mich nicht aufs Sofa, wenn Rocky darauf liegt, weil er das nicht mag. Ich kaufe ihm Putenfleisch und Hühnerbrust und Kalbsleberwurst und Hackfleisch, weil er Dosenfutter verabscheut. Ich reinige sein Katzenklo sofort, wenn er auch nur ein paar Tropfen hinein gemacht hat, weil Rocky so sauber ist und sich nie in ein beschmutztes Katzenklo begeben würde. Der ist eben anders, als du es warst, Jochen!
Und wie hat Rocky mir meine Zuneigung und meine Bemühungen um sein Wohlergehen gedankt?
Überhaupt nicht.
Er faucht mich an, wenn ich ihn ein wenig streicheln will. Er faucht sogar schon, wenn ich ihm etwas zu nahe komme! Wenn Harry es wagt, den Kater zu berühren, setzt es blutige Kratzer, denk dir nur!
Und dann kam Zsa Zsa.

Diese kleine, rachitische Katze, verdreckt und verzeckt - weiß der Henker, wo das Tier herkam. Sie saß eines Morgens vor unserer Haustür und fiepte erbärmlich, miauen konnte das Tier nicht mal mehr, so schwach war sie. Sie hat mir so Leid getan, die kleine Zsa Zsa, wie ich sie sofort nannte, weil sie so hinfällig ausschaute wie Zsa Zsa Gabor nach der siebten Hochzeit. Was ich noch nicht ahnen konnte: Zsa Zsa war eine schlimmere Charmeurin als ihre zweibeinige Namensvetterin. Als ich ihr ein Schälchen mit klein geschnittenem Putenfleisch vor die schwarzweiße Schnauze stellte, und sie zu schlabbern begann als ginge es um ihr Leben – und vielleicht ging es sogar darum - da war's um mich geschehen, Jochen!

Rocky war das gar nicht recht. Sein Putenfleisch für eine fremde Katze - dazu noch so ein mickriges Straßenkatzenomachen! Er hat sie von Anfang an gemieden oder angefaucht, und das sollte sich nie bessern - Rocky ist und bleibt ein Einzelgänger. Und ich blieb zunächst hart, folgte nicht meinem heimlichen Wunsch, die Kleine ins Haus zu nehmen, zu pflegen, sie aufzupäppeln und eine Kameradin für Rocky aus ihr zu machen.

Aber ich wurde Zsa Zsa nicht los. Sie blieb auf der Treppe vor unserer Haustür sitzen oder liegen, Tag und Nacht. Wenn Harry morgens auf dem Weg zur Arbeit zu ihr kam und sie ein wenig streichelte, bevor er in sein Auto stieg, war für mich an Schlaf nicht mehr zu denken, solch ein Gefiepe setzte dann ein! Zsa Zsa spürte, dass ich wach war, und hat keine Ruhe gegeben, bis ich ihr Hackfleisch oder rohes Geschnetzeltes servierte. Wenn sie aufgefressen hatte, rollte sie sich auf unserem Abtreter zusammen und schlief ein paar Stunden, bis sie wieder Hunger bekam und ihre Kakophonie von neuem begann.

Ein paar Tage ging das so, und dann sagte der Wetterbericht leichten Frost für die Nacht an, und das war's dann, Jochen. Da hab ich Zsa Zsa ins Haus geholt. Ich konnte sie doch nicht erfrieren lassen! Und weißt du was? Diese kleine hutzelige Katzenoma - ein wenig hatte sie sich schon erholt -, die gab mir von dem Moment an, als ich die Haustür hinter ihr schloss, alles, was ich so gerne von Rocky gehabt hätte! Sie strich mir um die Beine und schnurrte, und sie schnurrte noch viel lauter, wenn ich sie streichelte, und sie brummte wie ein oller Diesel, wenn ich sie auf den Arm nahm und knuddelte, und sie legte sich auf meinen Schoß und ließ sich kraulen und ich hatte sofort das Gefühl: Diese

Katze liebt mich - und ich liebte sie. Kannst du das verstehen? Du musst nicht antworten, Jochen, es war eine rhetorische Frage. Entschuldige nochmals, ich bin manchmal albern, aber das weißt du ja.

Zsa Zsa war ein Herzchen, aber leider kein stubenreines. Ich hab ihr gleich ein eigenes Katzenklo gekauft, sofort am ersten Tag, als sie bei uns eingezogen war. An dem Tag ließ ich sie auch gleich vom Tierarzt entlausen und impfen. Also - ich wollte und konnte es Rocky nicht zumuten, dass er sein Klo mit einer anderen Katze teilt, mit einer Billigkatze dazu. Aber das Klo hat Zsa Zsa nur selten benutzt. Ihr großes Geschäft machte sie meistens im Flur - in der Ecke hinter dem großen Gummibaum. Aber auch schon mal im Wintergarten oder in Harrys Arbeitszimmer - wenn der das wüsste! Gepinkelt hat sie meistens unter die Küchenbank oder ins Bad, neben die Dusche. Jedenfalls konnte ich mehrmals am Tag ihre Hinterlassenschaften wegräumen und aufwischen. Zum Glück ist unser Haus komplett gefliest. Oh - ich hab schon mit ihr geschimpft, das kannst du mir glauben! Ich wollte sie anfangs mit der Nase in ihren eigenen Dreck tunken, ich hab mal gelesen, dass man Katzen auf die Art sauber bekommt. Aber wenn Zsa Zsa dann so da saß, den Kopf auf die Seite legte, mich anschaute und schnurrte, dann konnte ich ihr nicht mehr böse sein, Jochen! Im Gegenteil! Auf den Arm genommen habe ich sie dann, geschmust habe ich mit ihr! Ach – Zsa Zsa … Ich war bereit, das auszusitzen. Irgendwann lässt das nach, dachte ich mir, irgendwann lernt sie! Und auch Harry habe ich damit beschwichtigt, wenn er mal mitbekam, dass Zsa Zsa irgendwo ins Haus geschissen hatte. Er hat das ja selten miterlebt, der ist ja beruflich fast so viel unterwegs wie du, Jochen. Also - wie du es bis eben noch warst.
Entschuldige, Jochen – entschuldige! Ich bin eine alberne, pietätlose Kuh!

Ja - und dann kam unsere neue Küche, und dann wurde es ernst, und nun kommt deine Elke ins Spiel.
Also diese neue Küche, Jochen – ein Traum! Birkenholz, massiv! Endlos lange Arbeitsplatten! Die neuesten und edelsten Einbaugeräte! Alles vom Feinsten! Harry kann ganz schön großzügig sein - das sag ich dir! Die Küche hat mehr gekostet als mein Mercedes - ob du es glaubst oder nicht!
Zsa Zsa gefiel sie auch.

Die Handwerker hatten gerade die letzten Schrauben angezogen und ein ordentliches Trinkgeld kassiert, als Zsa Zsa zum ersten Mal in die Spüle pinkelte. Da fand ich das sogar noch gut, hab sie noch ermuntert, das immer zu tun, so war das Pfützchen ruckzuck weggespült. Aber als ich dann bald darauf, vom derben Geruch angelockt, in die Küche kam und sah, dass sie neben dem Herd auf die Arbeitsplatte gekackt hatte, da wurde ich zum ersten Mal ernsthaft böse mit ihr. Und als sie dann begann, ihre Krallen an den Holztüren der Unterschränke zu wetzen, wurde es mir zu bunt. Und dann habe ich deine Elke angerufen und mich bei ihr ausgeheult. Schließlich hat sie sich auch schon oft genug bei mir über dich ausgeweint, Jochen! Und als ich Elke alles erzählt hatte, sagte sie: „Ute – die Katze muss weg!" Das war mir ja irgendwie klar – die neue Küche oder Zsa Zsa! Aber ich hätte es nie fertig gebracht, Zsa Zsa, die mich so umgarnte, die mir gut tat, die mich liebte, die mittlerweile so wuffig war wie Wollknäuel, diese Katze hätte ich nie und nimmer weggeben können! Aber Elke sagte: „Ute – dann mach ich das!"

Und gleich am nächsten Tag war es so weit. Das ist jetzt grad eine Woche her. Es klingelte an der Haustür und Elke stand davor. Sie hob den Arm und schwenkte einen Katzenkorb. „Setz dich ins Auto, Ute - ich komm gleich!", befahl sie. Und ich gehorchte. Mir war hundeelend, Jochen. Ich kam mir vor, wie … wie … wie eine Kidnapperin, eine Geiselnehmerin, eine Kindesentführerin, was weiß ich … Geschlafen hatte ich kaum in der Nacht.

Und ich saß im Auto und heulte, als Elke aus dem Haus kam, laut „Ich hab sie!“ rief und den Korb in den Kofferraum stellte. „Und jetzt fahr los, zum Tierheim!“, ordnete sie an, und ich gehorchte wieder und stellte das Autoradio auf äußerste Lautstärke, damit ich Zsa Zsas Wimmern nicht hören musste, und sie spielten dieses Lied: „You’re beautiful“, und ich werd mir das Lied nie wieder anhören können, obwohl ich es so schön fand, und dann waren wir beim Tierheim - wie ich es ohne Unfall dort hin geschafft habe, weiß ich nicht, und Elke stieg aus und öffnete den Kofferraum und schloss ihn sofort wieder und sagte „Scheiße!“, und „Komm mal raus, Ute, du musst mir helfen, sie ist ausgebüxt!“, und ich machte den Kofferraum langsam auf, und Zsa Zsa saß darin und sah mir mit ihrem Zsa Zsa-Blick direkt in die Augen und miaute ganz erbärmlich, und Elke griff zu und steckte sie wieder in den Korb hinein, aus dem die Katze irgendwie herausgekommen war, und Zsa Zsa hatte vor Angst oder aus Panik in den Kofferraum geschissen, Dünnschiss, und das auf Harrys hellen Anzug, den ich am Vortag aus der Reinigung geholt und im Kofferraum vergessen hatte, aber das war mir egal, das war mir dermaßen egal, Jochen, und ich heulte und sagte, „Nein, Elke, ich will sie behalten!“, aber Elke blieb hart und sagte, ich soll mich wieder ins Auto setzen und das tat ich, und Elke ging mit Zsa Zsa ins Tierheim und kam bald wieder raus und ohne Korb und stieg in den Wagen ein und sagte „So, erledigt, jetzt hast du Ruhe!“, und dann fuhr ich nach Hause und hatte fünf oder sechs Beinaheunfälle.

Elke kam dann noch zu mir rein, wir tranken Sekt und mir ging es bald besser. Ich bedankte mich immer und immer wieder bei ihr, dass sie das für mich getan hatte, weil ich das nie alleine geschafft hätte. Und dann schimpfte sie wieder mal auf dich, dass du nie deine Sachen wegräumst, immer im Stehen pinkelst und nicht mal die Brille dabei hochklappst, nach Feierabend und an Wochenenden im Haus rumläufst wie der letzte Penner und alle anstehenden Arbeiten ständig verschiebst, und sie sagte, dass sie

dich oft am liebsten rauswerfen oder sogar umbringen würde, wenn sie nur könnte, was sie aber nicht kann, sagte sie.
Naja, und irgendwie, Jochen, war ich ihr diesen Gefallen schuldig, fand ich. Die wird überrascht sein, wenn ich ihr das nachher erzähle!

## Blaue Söckchen von Pete Townshend

Der Bassmann tat das, was alle guten Bassmänner der Welt tun: In sich ruhend, gleichsam der Welt entrückt, zupfte er die vier Saiten. Der Schlagzeuger, dessen Name ich ebenso wie den des Bassgitarristen nicht kannte, gab sein Bestes, und das war recht gut. Das war kein Revival-Konzert irgendeiner Eintagsfliegenband. Gut - Keith Moon war schon lange tot, und auch John Entwistle war kürzlich gestorben. Aber Pete und Roger waren noch da, Herz und Hirn der *Who*. Das reichte.
Roger Daltreys Stimme hatte kaum etwas von ihrer Kraft eingebüßt – obwohl er um die 60 Jahre alt sein musste. Ebenso wie der Chef, Pete Townshend, der immer noch seinen Kampf mit der Gitarre focht, in gekrümmter Körperhaltung, schon kahl der Schädel, mit Windmühlenflügelarmen auf die Saiten seines Instruments eindrosch. Der kurzgeschorene Vollbart ließ seine ohnehin stattliche Nase noch gewaltiger erscheinen.

Ihre musikalische Entwicklung hatte ich von Anfang an verfolgt, aber es war das erste Mal, dass ich *The Who* live spielen sah, *unplugged,* ohne die gewaltigen Lautsprechertürme, unter denen sie so oft gespielt hatten, dass Pete davon nahezu taub geworden war; aber laut genug spielten sie immer noch. Wir standen weit vorne, die Jungs und ich, nur wenige Reihen von der Bühne entfernt. Es war warm in der alten Stadthalle, stickig die Luft. Trotz Rauchverbots wurde geraucht, und nicht nur Tabak. Bernd bot mir den Joint an, zuckte dabei mit dem Kopf zum Rhythmus von *Pictures of Lily* und sang lauthals mit:

*Pictures of Lily made my life so wonderful*
*Pictures of Lily helped me sleep at night*
*Pictures of Lily solved my childhood problems*
*Pictures of Lily helped me feel alright*

Ich schwenkte den halbvollen Pappbecher um anzudeuten, dass mir Bier lieber sei als Gras. „Na, dann nicht!“, sagten Bernds Mimik und Gestik.
Jemand zupfte an meinem rechten Hemdärmel. Ich schaute und sah eine zierliche Frau, ihr Kopf reichte mir kaum bis zur Brust. Gut sah sie aus, soweit ich das auf den ersten Blick und unter den gegebenen schummerigen, nur von Kunstblitzen durchzuckten Sichtverhältnissen beurteilen konnte. Sie hielt eine langstielige weiße Rose in der linken Hand, das konnte ich erkennen. Mit einer Kopfbewegung deutete sie an, dass sie gerne vom Joint der Jungs rauchen würde. Also nahm ich Bernd die Zigarette ab, gerade, als er sie an Tom zurück reichen wollte, und gab sie der kleinen Frau, die etwa so alt wie ich zu sein schien. Sie lächelte mich an, ihr Kopf umrahmt von sehr langem, glatten, dunkelblonden Haar. Trotz der Dämmerbeleuchtung konnte ich erkennen, dass sich dabei viele Lachfältchen um ihre Augen bildeten. Sie zog an dem Joint, inhalierte tief und begann zu husten. Hustend und doch lächelnd gab sie mir die Tüte zurück, und ich reichte sie weiter an Tom.

Sie spielten ein tolle Auswahl ihrer besten Songs: *My Generation, I'm free, Magic Bus* und viele andere, und das Publikum, überwiegend gesetzteren Alters, sang und tanzte dazu. Ich hatte die kleine Frau schon wieder vergessen, als Pete das Ende des Konzerts bekannt gab. Laute *Zugabe*-Rufe und rhythmisches Klatschen wollten die Band daran hindern, die Bühne zu verlassen. Dann sah ich eine langstielige weiße Rose, die von einer hocherhobenen Hand durch die dichten Reihen bis zur Bühne hin getragen wurde. Townshend, der im gleißenden Licht der Bühne stand und sich immer und immer wieder vor dem Publikum verbeugte, sah die Blume und die Frau. Auf die kurze Entfernung konnte ich an seinem Gesichtsausdruck erkennen, dass er einen Moment irritiert war. Er schien überrascht, als würde er eine alte Bekannte bemerken, die er sehr lange Zeit nicht mehr gesehen hatte. Am Bühnenrand ging er in die Hocke, nahm der Kleinen die Blume ab und küsste die Frau auf die Wange. Sie strahlte ihn an, und die beiden wechselten einige Worte. Dann spielte die Band noch eine Zugabe, *Won't get fooled again*, und das Konzert war vorbei.

Das Licht im Saal ging an, und einige tausend Besucher strömten auf die Ausgänge zu. Bernd, Tom und die anderen gingen weit vor mir, ich hatte mich etwas zurück fallen lassen, ich suchte nach ihr.
„Mir ist ganz komisch geworden von eurem Dope!" Nicht ich hatte sie, sie hatte mich gefunden. Als sei ich ein alter Bekannter, hakte sie sich bei mir ein. Jetzt, im erleuchteten Saal, konnte ich sehen, dass ihr schulterlanges Haar noch ohne ein erkennbares Grau war, obwohl sie, das bestätigte mir nun ihr ungeschminktes Gesicht, etwa mein Jahrgang sein musste. Sie gefiel mir. Ein wenig erinnerte sie mich an *Melanie. What have they done to my song, Ma?*
„Wir gehen noch was trinken, ein Bier, irgendwo, willst du nicht mitkommen?"
„Gerne, aber es geht nicht, ich bin verabredet! Mit Pete …"
„Mit Pete? Mit *dem* Pete?" Abrupt blieb ich stehen und drehte mich zur Bühne um, auf der bereits einige Roadies ihrem Job nachgingen. Sie lachte. Laut.
„Woher kennst du ihn? Ich meine - du musst mir das nicht … "
„Ihr Kerle seid verdammt neugierig, viel neugieriger, als ihr es gerne uns Frauen nachsagt, das stelle ich immer wieder fest!" Ich schmunzelte. Und sie begann zu erzählen.

Vor genau dreißig Jahren, kurz nach ihrem Abitur, war sie auf einem Freiluftkonzert der *Who* gewesen. Damals hatte sie in der ersten Reihe gestanden, direkt vor der Bühne, Keith Moons wegen, *Moon-the-Loon,* der Spaßvogel, der sich am Schlagzeug völlig verausgabte aber dabei immer noch seine Grimassen schnitt. Sie war auf eine naive Jungmädchenart in ihn verliebt gewesen. Er nahm keine Notiz von ihr, Pete schon. Das fiel ihr auf. Während des ganzen Konzerts schaute er immer wieder zu ihr hinunter, blinzelte ihr zu, winkte sogar. Und zum Ende des

Konzerts, während der Zugaben, zwischen *Happy Jack* und *I'm a boy* kniete er auf der Bühne und winkte sie zu sich. Sie näherte sich ihm, konnte durch seinen Schweiß ein herbes Aftershave oder Deodorant riechen und spürte seine gewaltige Nase an ihrer Wange, als er ihr einen Hotelnamen und eine Zimmernummer ins Ohr sagte. Zwei Stunden später stand sie vor der bewussten Zimmertür der noblen Herberge und klopfte daran. Kurz darauf öffnete sich die Tür, zunächst nur um einen kleinen Spalt. Als Pete, frisch geduscht, bekleidet mit einem hoteleigenen Bademantel, erkannt hatte, wer da klopfte, hatte er die Tür weit geöffnet und den Besuch herein gebeten.

„Ich bin extra hierher gereist aus B. und verbinde das Konzert mit einem Besuch meiner Mutter hier in der Stadt. Ich wollte die Band noch mal sehen, nach dreißig Jahren. Sie waren und sind meine Lieblingsgruppe. Roger sieht immer noch verdammt gut aus, er ist immer noch so wahnsinnig schlank … " Ich zog mein Bäuchlein ein. „Und ich wollte wissen, ob Pete sich noch an mich erinnern kann, nach all den Jahren und vermutlich noch viel mehr Frauen …"
„Und? Konnte er?"
Sie nickte.

Wir waren am Ausgang der Stadthalle angekommen, meine Freunde warteten vor den Toren auf mich. Ich nannte ihr den Namen und die Adresse der Kneipe, in die wir gehen würden. „Vielleicht hast du ja nachher noch Zeit, wir sind bestimmt sehr lange da!"
„Nein, ich komm gewiss nicht, warte nicht auf mich."
„Ach so, ja, Pete ….", murmelte ich.
„Eifersüchtig?"
„Quatsch!"
Wir lachten beide.
„Du bist nett …", sagte sie.
„Ja, meistens…"

„Besuch mich morgen bei meiner Mutter, wenn du magst." Ja, ich mochte. „Zum Kaffee, gegen drei? Am späten Nachmittag reise ich wieder ab." Sie nannte mir die Adresse ihrer Mutter, ich kannte die Straße. Wir reichten uns die Hände, wünschten uns einen schönen Abend, und ich folgte den Jungs.

Sie trug eine braune Lederhose und ein weißes Sweatshirt mit dem *Who*-Logo darauf. Das Baby in ihrem Arm trug eine Jeanslatzhose, deren Beine mindestens dreimal umgekrempelt waren. „Das ist Annabelle, meine Enkelin", stellte sie mir die junge Dame vor. Annabelle strampelte freudig mit ihren nackten Babyspeckfüßchen. „Ihretwegen hatte ich gestern Abend nicht viel Zeit, ich wollte meine Mutter nicht zu lange mit ihr alleine lassen, sie ist nicht mehr die jüngste, meine Mutter!"
„Was ist mit Annabelles Mutter?"
„Lily musste beruflich ins Ausland, sie ist Journalistin, und ich alte Oma muss babysitten, ausgerechnet an diesem Wochenende, wo das Konzert stieg!" Sie zuckte hilflos mit den Schultern und verzog das Gesicht. Ich musste lächeln.
Wir setzten uns an die bereits gedeckte Kaffeetafel. Ihre Mutter, die mich freundlich begrüßt hatte, zog sich zurück, obwohl ihre Tochter, die von ihrer Mutter „Linda" genannt wurde, und auch ich darum baten, sie möge doch mit uns zusammen Kaffee trinken. Linda hielt Annabelle, die mit ihren Fingern im Mund spielte und leise und munter vor sich hin brabbelte, auch während des Kaffeetrinkens und Kuchenessens im Arm.
„Du kriegst kalte Füße, Schatz!", stellte Linda fest, als sie mit den Zehen ihrer Enkelin spielte. „Ich werd ihr Socken anziehen - halt sie mal bitte!" Mit weit ausgestreckten Armen und gespreizten Fingern nahm ich das Baby entgegen. „Du hast's wohl nicht so mit kleinen Kindern, was?" Wieder ihr Lachen.

Wenig später kam sie aus einem angrenzenden Zimmer zurück. Sie nahm mir ihre Enkeltochter ab und zog ihr blaue Wollsocken über. Etwas zu groß waren sie, unregelmäßig die Maschen, unförmig die kleinen Hacken. „Hast du die gestrickt?", fragte ich amüsiert.
„Nein, die hat Pete gestrickt!"

Ich hatte schon einiges über Macken und Marotten von Künstlern, von Schauspielern, Musikern und Schriftstellern gehört und gelesen. John Huston, dessen Leidenschaft zur Großwildjagd beinahe einer seiner schönsten Filme zum Opfer gefallen wäre. Michael Jackson und sein Rummelplatz, Hamsuns pathologische Pedanterie, was seinen Schreibtisch und sein Schreibwerkzeug anging. Dazu passte die Vorstellung einer babysöckchenstrickenden Rockmusiklegende recht gut.
„Pete ist ein sehr netter Herr in den besten Jahren, ganz anders, als er manchmal auf der Bühne wirkt, er hat überhaupt nichts Aggressives an sich. Fast taub ist er, ohne sein Hörgerät jedenfalls. Wir haben uns sehr nett unterhalten, eine Stunde etwa. Hauptsächlich über damals, über das Freiluftkonzert … und die Nacht danach …" Linda lächelte kaum merklich, wie traumverloren. Ich nickte wissend. „Dann musste ich heim, wegen Annabelle." Annabelle pupste hörbar in ihre Windel. „Und die ganze Zeit, ich wollte es erst nicht glauben, strickte er an Babysocken! Stricken würde ihn entspannen, sagte Pete. Er schaut nach einem Konzert gerne TV, und dabei strickt er, Socken, Mützen oder Topflappen, denk dir nur! Und als ich mich von ihm verabschiedete, schenkte er mir das Paar Söckchen für Annabelle!" Annabelle wollte einen Zeh in den Mund stecken und begann zu nölen, weil Pete Townshends Socke sie daran hinderte.

Ich bedankte mich für den Kaffee und den Kuchen. Sie käme hin und wieder in meine Stadt um ihre Mutter zu besuchen, sagte Linda. Sie würde mich anrufen, wenn sie wieder einmal hier wäre, versprach sie mir. Als wir uns verabschiedeten, stellte Linda sich auf die Zehen und gab mir einen Kuss auf die Wange. Ich küsste sie ebenfalls. Auch von Annabelle, die immer noch in den Armen ihrer hübschen Großmutter ruhte, verabschiedete ich mich. Ich streichelte ihr die Wange. Da erst fiel mir Annabelles Nase auf; sie war ungewöhnlich groß.

## Bücherwurm

*...Lennie sagte: "Ich hab gemeint, du bist bös auf mich, George."*
*„Nein", sagte George. „Ich bin nicht bös. Ich war nie bös auf dich, und ich bin's jetzt auch nicht. Das ... das sollst du wissen."*
*Die Stimmen kamen jetzt aus nächster Nähe. George horchte und hob die Pistole hoch.*
*Lennie bettelte: „Wir wollen's gleich machen. Nehmen wir doch gleich das Anwesen."*
*„Jaja, gleich jetzt. Ich muss ja. Wir müssen ja."*
*Damit hob er die Pistole hoch, hielt sie so ruhig er konnte und brachte den Lauf dicht an Lennies Hinterkopf. Seine Hand zitterte heftig, aber sein Gesicht war unbewegt, und schließlich brachte er auch seine Hand zur Ruhe. Er zog ab. Der Knall rollte die Hänge hinauf und wieder zurück. Durch Lennies Körper lief ein Schüttern, dann fiel er langsam vornüber auf den Sand, wo er reglos liegen blieb.*
*George blickte zusammenschauernd auf die Pistole und dann warf er sie von sich, weit rückwärts aufs Ufer hinauf in die Nähe des alten Aschenhaufens.*
*Jetzt schien das ganze Gehölz erfüllt vom Geschrei und vom Lärm heranlaufender Füße. Laut erschallte Slims Stimme: „George! Wo bist du, George?"*
*Doch George blieb steif am Ufer sitzen und schaute auf seine rechte Hand, mit der er die Pistole weggeschleudert hatte.*
*Da kam die ganze Schar auf die Lichtung hinausgestürmt, Curley zuvorderst. Er sah Lennie auf dem Sand liegen. „Hat ihn erwischt, bei Gott." Er trat näher, blickte auf den toten Lennie hinunter, dann wieder auf George. „Glatt in den Hinterkopf", sagte er leise vor sich hin.*
*Slim ging stracks zu George und setzte sich neben ihn. „Nimm's nicht schwer", sagte Slim. „Manchmal kann einer nicht anders."*
*Doch auch Carlson kam an George heran, blieb bei ihm stehen und fragte: „Wie hast du denn das gemacht?"*
*„Hab's halt gemacht", sagte George matt.*

*„Hatte er meine Pistole?"*
*„Jaa ... Er hatte deine Pistole."*
*„Und du hast sie ihm weggenommen und du hast ihn damit erschossen?"*

*„Jaa ... genau so." Georges Stimme war fast zu einem Flüstern geworden. Starr sah er auf seine rechte Hand, mit der er die Pistole gehalten hatte.*
*Slim zog George am Ellbogen. „Komm, George. Wir zwei gehen in die Stadt eins trinken."*
*George ließ sich von ihm auf die Beine helfen. „Jaja, eins trinken."*
*Slim sagte: „Du hast nicht anders können, George. Ich schwör dir, hast nicht anders können. Jetzt komm mit." Er führte George zum Fußweg durchs Gehölz und dann weiter zur Landstraße hinauf.*
*Curley und Carlson sahen den beiden nach. Und Carlson sagte: „Jetzt hol mich der Teufel, was ist denn den beiden über die Leber gelaufen?"*

*E N D E*

Ich schloss das Buch und sah durch das Seitenfenster hinüber zur Straße. Die Scheinwerfer und Rücklichter der Autos waren hektisch bewegte Punkte in dem Tränenschleier, der meine Sicht trübte. Jetzt erst bemerkte ich den Motorenlärm. Die Augen getrocknet, einen Blick auf die Uhr: Seit fast drei Stunden hatte ich auf dem kleinen Park- und Raststreifen unter der Laterne gestanden und gelesen.
Wie oft hatte ich Steinbecks Roman über Lennie schon gelesen, den großen, tumben Lennie Small, dem Kaninchen und Mäuse so viel bedeuten, dem Menschen so viele Probleme bereiten? Ich weiß es nicht. Und jedes Mal, wenn es zur Katastrophe kommt, wenn Lennie, der Riese mit dem Gehirn eines Fünfjährigen, versehentlich Curleys Frau tötet, und George, sein einziger Freund, ihm den Gnadenschuss gibt, um Lennie vorm Lynchtod zu bewahren, kamen und kommen mir die Tränen.
Birgit hat das nie verstanden.
Sie hatte überhaupt nie verstanden, was einem Menschen so sehr an Büchern und am Lesen liegen kann. Anfangs tolerierte sie es noch, spöttelte darüber. Aber als ich im Laufe der Jahre immer mehr las, dabei während des Lesens nach und nach immer tiefer versank und für sie immer unerreichbarer wurde, nahmen ihre

Scherze langsam eine Wendung ins Gehässige.
Ich steckte das Buch in die Seitentasche meines Aktenkoffers, zu dem anderen, das ich vormittags gekauft hatte. Morgen würde ich sie in den großen Aktenschrank in meinem Büro stellen, zu den anderen.
Ich mochte noch nicht nach Hause fahren. Zu sehr wirkte der Roman nach. Ursprünglich hatte ich nur ein wenig darin herumlesen wollen, das erste Kapitel vielleicht, mehr nicht. Aber dann zog mich das Buch in seinen Bann, wie mir das beim Lesen oft passiert. Besonders, seitdem ich sie heimlich lese.

Mir würde schon ein Grund für meine Verspätung einfallen. Doktor Brehmke hat mich abgefangen, als ich gerade Feierabend machen wollte, und dann haben wir lange und intensiv über das FRG-Projekt gesprochen, würde ich sagen. Und dass ich dabei die Zeit vergessen habe und Doktor Brehmke schlecht sagen konnte: „Ich muss jetzt gehen, meine Verlobte wartet mit dem Abendessen!“, wo er mich doch zum Projektleiter ernannt hat, würde ich sagen.
Fast ein Jahr geht das jetzt schon so, dieses Lügen und Betrügen. Und das wegen eines Versprechens, von dem ich wusste, dass ich es nie halten kann.
„Die Bücher oder ich!“, vor diese Wahl hatte Birgit mich gestellt.
Hatte ich mich zu Anfang unserer Beziehung in jeder freien Stunde fast ausschließlich ihr gewidmet, kehrte doch bald eine gewisse Gewöhnung ein. So begann ich wieder mit dem, was ich arg vernachlässigt hatte, als ich Birgit kennen lernte und wir uns heftig ineinander verliebten - ich begann wieder zu lesen. Anfangs nur eine halbe Stunde oder eine Stunde, wenn ich von der Arbeit nach Hause kam, während sie das Abendessen herrichtete. Dann geschah es immer häufiger, dass ich mich nach dem Essen, also in unserer gemeinsamen Zeit, ob wir sie fernsehend, spazieren gehend, radelnd, liebend oder in einer Mischung aus allem verbrachten, leise entschuldigte: „Ich möchte noch eben das Kapitel zu Ende lesen ...“

Birgit nahm das zunächst lächelnd hin: "Du und deine Bücher ... Bücherwurm ..."
Irgendwann stellte sie fest, dass ich mich nicht nur jeden Abend nach dem Abendessen auf ‚ein Kapitel, ein paar Seiten' verabschiedete und zurückzog, sondern dass ich die Speisen immer schneller und oft wortlos verschlang. Dabei beobachtete ich sie, lauernd, und wie auf heißen Kohlen sitzend, bemerkte Birgit. Sie nahm alle Gänge in großer Ruhe zu sich, kaute jeden Bissen langsam und genüsslich, einschließlich des Desserts. Hatte sie endlich ihr Mahl beendet, erhob ich mich vom Esstisch, verschwand in mein Zimmer, begann zu lesen und hörte erst auf, wenn mir die Augen zufielen und Birgit schon längst schlief.
Schlimmer war es, wenn wir, was anfangs häufiger vorkam, Gäste zum Abendessen hatten. Bei diesen Zusammenkünften wurde ich im Laufe der Zeit immer wortkarger. Die Gespräche mit unseren Freunden und Bekannten, so lieb und charmant sie auch sein mochten, konnten mir kein Buch ersetzen. Immer häufiger kam es vor, dass ich angesprochen und nach meiner Sicht der Dinge gefragt wurde und nicht wusste, wovon die Rede war. Das bot immer Anlass für Erheiterung auf meine Kosten. Alle lachten über meine geistige Abwesenheit, sogar ich. Nur Birgit nie.
Ob ich mich nicht wenigstens zusammenreißen könne wenn unsere Freunde da seien, herrschte sie mich schließlich eines Abends an, nachdem sie die Haustür hinter unseren Gästen geschlossen hatte. Was ich an jenem Abend als Gastgeber geboten hätte, sei an Peinlichkeit nicht mehr zu überbieten, schimpfte sie weiter. Woraufhin ich mich in mein Zimmer setzte und endlich das am Vorabend begonnene Buch weiterlas.
Zum Eklat, zum ersten, großen Zerwürfnis unserer gemeinsamen Jahre kam es an einem Abend, als Birgits Eltern uns besucht hatten. Sie sind nicht mehr die jüngsten, Birgit ist ihr einziges und spät geborenes Kind. An dem Abend wollten die beiden Birgit über das Testament informieren, das sie ein paar Tage zuvor bei einem Notar aufgesetzt hatten. Zunächst leistete ich Birgits vor dem Eintreffen ihrer Eltern flehentlich geäußerter Bitte Folge,

mich auf das Gespräch zu konzentrieren und einmal, nur für diese zwei oder drei Stunden meine Bücher zu vergessen. Und ich konzentrierte mich - oh ja! Ich zeigte mich interessiert an den vielen Formen der Kapitalanlagen, in die Birgits Vater, den ich „Otto" nenne, im Laufe seines Daseins als wohlbestallter Pensionär investiert hatte. Ich lobte seine Umsichtigkeit und seinen Weitblick im Umgang mit dem Geld, das auf diese Weise zu einer erklecklichen Summe angewachsen war, ein Wert, so erklärte Otto mehrmals, den irgendwann einmal Birgit erben werde. „Und du natürlich auch, mein lieber Junge!", ergänzte Helga, Ottos Frau, dann jedes Mal. Dabei streichelte sie meine Wange und wiederholte ihren „einzigen und letzen" Wunsch, wir möchten doch bald heiraten und auch an ihre Enkel denken. Schließlich, so Helga, hätten sie noch kein Großkind und nicht mehr viel Zeit.
Und Birgit? Sie schaute mich immer wieder verstohlen an, ich spürte es, mehrmals sah ich es. Und ich bemerkte, dass sie sich aufrichtig über meine Bravheit freute. Einmal zwinkerte sie mir sogar aufmunternd zu. So verlief das Gespräch auf angenehme Weise; aufkommende Gedanken an das Buch, das ich seit einigen Tagen las, verdrängte ich schnell und gründlich.
Bis zu dem Moment, als Otto erzählte, dass Helga und er in der folgenden Woche für ein paar Tage nach Amsterdam reisen wollten, in die Stadt, die sie so liebten. Und schlagartig sah ich mich im Amsterdamer Rotlichtviertel, vergaß Testament, Aktienfonds und Bundesschatzbriefe, nahm die Worte meiner künftigen Schwiegereltern und meiner Lebensgefährtin nur noch als ein fernes Geräusch wahr. Sie hätte es mir angesehen, sagte Birgit später an dem Abend. Genau gesehen hätte sie es, an meinem Blick und der Veränderung in meiner Mimik, die meinem Gesicht etwas Blödes gegeben hätte. „Richtig weggetreten warst du!", sagte sie. Und das stimmte. Mein Geist hatte unser Wohnzimmer verlassen und folgte dem Amsterdamer Polizeisergeanten Hoekstra, der einen Bordell-Mord aufklären musste und sich dabei in die weibliche Hauptfigur des Romans, eine Schriftstellerin, verliebt hatte. ‚Ein Mann, der lieber Bücher las, als sich zu unter-

halten', mit diesem Charakteristikum hatte der Autor meine Sympathien für den Kripobeamten geweckt.
„Was ist bloß in dich gefahren, mein Vater war außer sich über dein Verhalten!", weinte Birgit später. Er hatte sich wegen meines anfänglich gezeigten Interesses, dem ein reaktionsloses Desinteresse folgte, veralbert gefühlt und unsere Wohnung überstürzt verlassen, die aufgelöste Helga hinter sich herziehend.
Und an dem Abend, dem ersten Abend seit langem, an dem ich nicht zum Lesen kam, musste ich Birgit versprechen, meiner Lesesucht abzuschwören.
„Andernfalls ...", so schluchzte sie, „wenn du mich noch einmal, ein einziges Mal nur, wegen eines Buches bloßstellst, versetzt oder vergisst, werde ich dich verlassen! Wenn du noch einmal in ein Buch schaust, ziehe ich aus! Solltest du noch einmal eine Buchhandlung, eine Bücherei oder einen Bahnhofskiosk auch nur betreten - du siehst mich nie wieder! Wenn du nicht binnen vierundzwanzig Stunden alle Bücher aus der Wohnung schaffst, bist du ein Single! Verbrenn sie, wirf sie weg oder verschenk sie - aber schaff sie weg!"
Ich liebte Birgit fast noch mehr als die Bücher. Darum nahm ich ihre Drohung sehr ernst. Und damit begannen die aberwitzigsten Monate meines Lebens.

Einige hundert Bücher nannte ich mein Eigen; ich habe Bücher nie geliehen, ich habe sie immer gekauft. Ein ausgelesenes Buch, egal wie gut oder weniger gut es mir gefiel, wurde mir stets zum Freund. Zu einem Freund, dem ich von Zeit zu Zeit einen stillen Besuch abstatten konnte. Will sagen, es war mir zur lieben Gewohnheit geworden, gelegentlich mit der Hand über die Buchrücken in meinen gut bestückten Bücherregalen zu gleiten, an einer unbestimmten Stelle zu verweilen und das Buch, auf dem meine Fingerspitzen zum Ruhen kamen, herauszunehmen, irgendwo aufzuschlagen und darin zu lesen. Oft, sehr oft begann ich dann, das Buch wieder von vorne bis hinten durchzulesen.

Nur besonders vertrauenswürdigen Bekannten lieh ich Bücher aus, und wenn, dann nur unter Mitgabe etlicher, beim Lesen des Buches zu beachtender Verhaltensmaßregeln: Weder rauchen, noch essen, noch trinken. Lesepausen im Buch nicht mit Eselsohren oder Kugelschreiberstrichen, sondern mit Lesezeichen markieren. Das Buch nie aufgeklappt mit dem Rücken nach oben ablegen. Und wenn sie das Buch mit in den Urlaub in warme Länder nahmen: nur im Schatten lesen, Sonnencreme hinterlässt hässliche Flecken auf dem Einband. Schon lange hatte sich niemand mehr ein Buch von mir geliehen.
Meine Lese- und Sammelleidenschaft schuf eine wundervolle kleine Bibliothek mit den schönsten Büchern. Wie gesagt: einige hundert Bücher kamen im Laufe vieler, vieler Jahre zusammen.
Herr Adomeit, Buchhändler und Antiquar, dem ich immer ein guter Kunde war, brachte die Bücher innerhalb einer knappen Stunde aus der Wohnung und hinterließ leere Regale, in denen Staubspuren noch die ehemaligen Stellplätze vieler Bücher anzeigten. Nachdem er mir den schnell ausgehandelten, viel zu geringen Preis ausgezahlt und die Wohnung verlassen hatte, sank ich vor den Regalen auf die Knie und weinte wie Lennie Small, als seine Maus starb.

Manche Männer schützen Überstunden vor, um ihre Frauen mit einer anderen zu betrügen, manche Frauen ebenso. Andere melden sich abends zum Sport oder Training ab und kommen in fremden Betten zum Schwitzen. Wieder andere nutzen die Abwesenheit ihres Partners für amouröse Stelldicheins. Das hat mich nie interessiert; ich war Birgit immer treu, was das angeht. Aber mein Versprechen, nie wieder in ein Buch zu schauen, hielt keine Woche.
Sehr bald schon kam mir der Gedanke, Herrn Adomeit in dessen Bücherladen aufzusuchen und meine komplette Bibliothek, oder das, was davon noch in seinem Besitz war, zurückzukaufen.
Nur – wo hätte ich die Bücher unterbringen sollen, wie sie verstecken? Nur einzelne zurückkaufen? Aber welche – und welche nicht ... Nein, das wäre einer Amputation gleichgekommen.

Dann lieber nach und nach meine Lieblingsbücher neu kaufen, als Taschenbuchausgabe, dazu die eine oder andere interessante Neuerscheinung – das sollte kein Problem sein. Im Wandschrank meines Büros wusste ich einige fast leere Fächer, die problemlos einen Notbestand aufnehmen konnten. Und lesen – lesen würde ich in der Mittagspause, die ich bisher immer mit einem halbstündigen Spaziergang ausgefüllt hatte. Anstatt spazieren zu gehen, würde ich mich in das kleine, meiner Firma nahe gelegene Bistro setzen, einen Capuccino trinken und lesen. Birgits Arbeitsplatz lag weit entfernt von meinem. Und die Gefahr, dass gemeinsame Bekannte in dem Bistro auftauchen, mich entdecken und Birgit, ohne Böses zu denken, davon erzählen könnten, hielt ich für sehr gering.
Eine knappe Woche nachdem ich Birgits Eltern verprellt und ihr das fatale Versprechen gegeben hatte, schlich ich mich vor der Arbeit in eine Buchhandlung. Als ich aus dem Auto stieg und auf den Buchladen zuschritt, ertappte ich mich dabei, dass ich den Kragen meines Jacketts hochklappte. Wie ein Bankräuber unmittelbar vor der Tat, so kam ich mir vor. Und so, wie ich mich fühlte, als ich vor den übervollen Regalen des Geschäfts stand, so muss es einem Heroinsüchtigen gehen, der auf seinen Dealer trifft und dort einige Pfund der Droge sieht, von der er sich nur wenige Gramm leisten kann. Mit trockenem Hals und feuchten Händen suchte und fand ich den Buchstaben ‚I' in der Autorenreihenfolge.
Da stand es, dick und weiß, der Buchdeckel illustriert mit einem kleinen Mädchen, das einen großen Lolli lutscht. Wortlos bezahlte ich das Buch, lehnte die angebotene Papiertüte kopfschüttelnd ab und verließ das Geschäft wie jemand, der etwas ganz Schlimmes getan hat.
Die Zeit bis zur Mittagspause wollte nicht vergehen. Als ich gerade im Begriff war, das Büro zu verlassen um das Bistro aufzusuchen und endlich dort im Buche weiterlesen zu können, wo ich vor gut einer Woche aufgehört hatte, klingelte das Telefon.

Doktor Brehmke bat mich auf ein paar Minuten in sein Büro, wegen erster Vorbereitungen zum FRG-Projekt.
Irgendwann saß ich dann doch im Bistro, in einer Ecke. Ich suchte und fand die Stelle, an der ich aufgehört hatte, zu lesen:

*Drei Vormittage hintereinander hatte Harry in seinem Fitneßstudio Ruth beim Trainieren beobachtet. Nachdem sie ihn in der Buchhandlung bemerkt hatte, ließ er größere Vorsicht walten. Harry trainierte nur mit Gewichten. Die schweren Scheibenhanteln und Kurzhanteln befanden sich an einem Ende des langgezogenen Raums, aber dank der Spiegel konnte Harry Ruth im Auge behalten; inzwischen war er auch mit ihrem Trainingsprogramm vertraut ...*

Eine gute Stunde später hatte ich das Ende des Buches gelesen. Es war mir unmöglich, vorher aufzuhören, um die halbstündige Mittagspause einzuhalten. Ich bezahlte meinen Capuccino und gab der Bedienung, die mehrmals nach weiteren Wünschen gefragt hatte, ein reichliches Trinkgeld. Zurück in der Firma meldete ich mich bei Dr. Brehmke und entschuldigte mein langes Ausbleiben mit Wartezeit beim Passamt. „Kein Problem!“, murmelte er und winkte ab. In meinem Büro angekommen, räumte ich veraltete Prospekte aus einem der oberen Schrankfächer, und stellte die „Witwe für ein Jahr“ hinein. Ich setzte mich auf meinen Schreibtischstuhl, blickte zu dem einsamen Buch empor und atmete tief durch. Es ging mir gut.
Irvings Roman blieb nicht lange alleine. In der etwas abseits liegenden Bücherstube wurde ich schon nach kurzem bei jedem meiner häufigen Besuche sehr freundlich und persönlich begrüßt. Auch im Bistro war ich schnell ein gern gesehener Stammgast, wohl nicht zuletzt des guten Trinkgeldes wegen. Mein bevorzugter Tisch wurde mir bald für die Zeit meiner Mittagspause reserviert, ohne dass ich darum gebeten hatte.
Die halbstündige Lesepause wurde mir schnell zu wenig. Um mehr lesen zu können, begann ich bald, mehrmals täglich während der Arbeitszeit mit einem Buch in der Jackentasche die

Toilette aufzusuchen. Hinter verschlossener Tür konnte ich immer wieder einige Minuten, auch mal eine Viertelstunde lesen, ohne dass es aufgefallen wäre. Schließlich, entschuldigte ich diese Arbeitsunterbrechung vor mir selbst, setzen sich meine zigarettenrauchenden Kollegen mehrmals täglich in die Cafeteria unserer Firma und frönen ihrem Laster. Warum sollte mir Ähnliches nicht auch zustehen, zumal mein Laster nicht gesundheitsschädlich ist?

Birgit arbeitete auch samstags und hatte zum Ausgleich an einem Wochentag frei. Das kam mir sehr entgegen, konnte ich so die Sonnabende bis zum frühen Nachmittag mit dem Lesen eingeschmuggelter Bücher verbringen. Natürlich nicht die ganze Zeit, ich habe samstags schon immer einiges an Hausarbeit erledigt, und das behielt ich bei. Und sonntags? Sonntags war immer mein traditioneller Sporttag. Fast jeden Sonntagnachmittag verbrachte ich, unabhängig vom Wetter, aber entsprechend gekleidet, mit einem ausgedehnten Waldlauf. Nach jahrelangem Training waren zwei Stunden Laufen kein Problem. Dann allerdings, als Lesen etwas Verbotenes und in aller Heimlichkeit zu Geschehendes wurde, verkürzte ich den Waldlauf auf maximal dreißig Minuten, nachdem ich zuvor mehr als eine Stunde auf einer moosigen Lichtung, einer Bank oder bei schlechter Witterung im Auto gelesen hatte. Eine halbe Stunde zügiges Laufen reichte, um schweißgebadet nach Hause zu kommen.

Problematisch wurde es im vergangenen Herbst, als unser alljährlicher, zweiwöchiger Badeurlaub auf Gran Canaria anstand.
Zwei Wochen, ohne eine Zeile zu lesen? Wie sollte das gehen, wie sollte ich das aushalten? Ich hatte es ja nicht mal eine Woche überstanden. Doch auch dieses Problem meisterte ich. Vier oder fünf Bücher, das absolute Minimum dessen, was ich während der Urlaubszeit an Lesestoff brauchen würde, nach Maspalomas zu schmuggeln - kein Problem, packte ich doch meinen Koffer stets selber. In unserem Hotelappartement angekommen, nutzte ich den Moment, als Birgit sich im Bad frisch machte, um nach einem

geeigneten Versteck für die Bücher zu suchen. Sofort fielen mir die Hängeschränke der kleinen Kochnische auf. Ich stellte mich auf die Zehenspitzen und fuhr mit dem Finger über die Schrankoberseite - eine dicke Staubschicht! Keine übereifrige Putzfrau würde das Versteck finden und die Bücher womöglich mitnehmen. Birgit ist zu klein, als dass sie, von welcher Stelle der Wohnung auch immer, ohne Zuhilfenahme eines Stuhles auf die Schränke hätte sehen können. Und sie ist eine leidenschaftliche Badewannenbenutzerin. Im Urlaub geht sie dieser Passion schon morgens nach dem Aufstehen nach. Sie duscht nicht, sie nimmt sich Zeit und räkelt sich eine halbe Stunde im wohligwarmen Wasser, bevor ich  dusche und wir gemeinsam frühstücken. So begann jeder Tag für mich mit einer halben Lesestunde. Am späten Nachmittag, wenn wir vom Strand zurückkehrten, versank Birgit stets noch länger in dem mit hautpflegenden Substanzen versehenen Badewasser, während ich den Fernseher einschaltete. Und las.
Darüber hinaus suchte Birgit zu meiner großen Freude mehrmals das Wellness-Studio des Hotels auf. Dort ließ sie sich die Fältchen aus dem Gesicht massieren und gönnte ihrer sonnenstrapazierten Haut eine Erholung in Form von Gesichtsmasken. Das waren sonnige Stunden für mich ...
So überstand ich auch die vierzehn Tage Urlaub bestens.
„Ich bin stolz auf dich!“, gestand mir Birgit auf dem Rückflug. „Schon monatelang kommst du ohne Bücher aus, bist lieb, nett und aufmerksam – so mag ich dich!“ Ich erwiderte ihr Lächeln und störte mich nicht an dem kleinen Gewissenswurm, der in mir nagte.

Es war mir zu wenig. Eine halbe Stunde in der Mittagspause, drei- oder viermal einige Minuten auf der Toilette, und gelegentlich ein alleine verbrachter und durchlesener Abend, wenn Birgit ihre Eltern besuchte oder mit einer Freundin ins Theater ging – es war mir zu wenig. Die Samstage mit ihren Lesestunden und die Sonntagsstunden, die ich lesend im Wald verbrachte - es war mir zu wenig! Und darum begann ich vor einigen Wochen, Überstun-

den wegen des FRG-Projektes vorzutäuschen. Mit großen Worten und in Falten gelegter Stirn erzählte ich Birgit von der Wichtigkeit des Projektes für die Zukunft der Firma und meiner wichtigen Rolle dabei. Sie nahm es mit unbewegter Miene und einem leisen „Aha!“ auf. Ich missachtete den eigenartigen Unterton, der in dem kleinen ‚Aha‘ mitschwang.
Von da an hielt ich jeden Tag, auf der Rückfahrt von der Arbeit, hier auf diesem kleinen Rastplatz an und las. Meistens etwa eine halbe Stunde, manchmal eine Stunde, selten noch länger.
Zuhause angekommen schimpfte ich dann beim Abendessen leise auf die viele Arbeit und die endlosen Besprechungen, die das Projekt mit sich brachte.

Ihre Eltern. Verdammt ...!
Birgit hatte sie für heute Abend eingeladen, das war es, was sie mir heute beim Frühstück, verbunden mit der Bitte um Pünktlichkeit, angekündigt hatte. Und ich saß dort im Auto, träumte vor mich hin, dachte an die zurückliegenden, verrückten Monate. Ich startete das Auto und fuhr los. Mein Handy fiel mir ein – ich rief zuhause an, wollte Birgit sagen, dass ich in zwanzig Minuten zuhause wäre, dass es mir Leid täte, die viele Arbeit ... gerade heute ...
Sie meldete sich nicht.

In der Wohnung angekommen bemerkte ich sofort eine eigenartige Stille. Und ich bemerkte, dass die Garderobe, an der ständig mindestens eine oder zwei von Birgits Jacken oder Mänteln hingen, leer war. Es standen auch keine ihrer Schuhe in der Schuhecke des Flures. Im Wohnzimmer war die Stille noch eindringlicher. Die kleine, alte Kaminuhr, die sich Birgit vor Jahren auf einem Flohmarkt gekauft hatte, war nicht mehr da. Auf dem Wohnzimmertisch fand ich ein Polaroidfoto und einen Notizzettel. Auf dem Foto war ich zu sehen, im Auto sitzend und das Buch in Lenkradhöhe haltend. Auf dem Zettel stand, in Birgits kleiner, schnörkeliger

Schrift geschrieben: „Meine restlichen Sachen hole ich am Wochenende.“

Ich zog Jacke und Schuhe aus, entnahm meiner Aktentasche das andere, am Morgen gekaufte Buch, legte mich aufs Sofa und begann zu lesen:

*Erster Teil*

*Erstes Kapitel*

*„Was ist das. – Was – ist das ...“*
*„Je, den Düvel ook, c'est la question, ma trés chère demoiselle!“*

*Zitate entnommen aus:*
*John Steinbeck: Von Mäusen und Menschen*
*John Irving: Witwe für ein Jahr*
*Thomas Mann: Die Buddenbrooks*

## Bufo marina – An den Ufern des Wahnsinns

Eine ganze Weile wartete ich im Schatten der großen Kastanie, die dem kleinen Geschäft gegenüber steht. Dann endlich verließ die einzige Kundin, eine ältere Dame, den Laden. Dabei sprach sie beruhigend auf den Karton in ihren Händen ein. Ich löste mich vom Stamm des Baumes, an den ich mich gelehnt hatte, und überquerte die kleine, wenig befahrene Straße. Das Bimmeln der Türglocke verriet dem Verkäufer das Eintreten eines neuen Kunden.
„Hier hinten!", hörte ich ihn aus der Tiefe des langen, mit Käfigen, Aquarien, Terrarien und Regalen dicht bestückten Verkaufsraumes rufen. Ein ungewohntes Klima herrschte darin - warm, feucht, von unangenehmen Gerüchen und befremdlichen Geräuschen durchdrungen. Im Vorbeigehen sah ich Meerschweinchen, Wüstenrennmäuse, Zwergkaninchen. An den Aquarien angebracht waren Preisschilder für Neonsalmler, Putzerfische und Piranhas. Harzer Roller, Papageien und Wellensittiche sangen, pfiffen und tirillierten. In den Regalen lagerten Futternäpfe, Hundeleinen und Striegel.
Ich fand den Verkäufer über einen gläsernen Teich gebeugt stehend. Über einem Amphibienteich. Genau da, wo ich ihn brauchte. Einen grauen Kittel trug er und fingerte im flachen Wasser, in dem ich glitschiges Getier ausmachen konnte, herum.
„Was kann ich für Sie tun?" sprach er mich an.
Ich räusperte mich und antwortete: „Ich bin Schriftsteller!"
Er zuckte kaum merklich zusammen, zog die Hand aus dem Wasser, trocknete sie an den Schößen seines Kittels ab und sah mich aus traurigen Augen an.
„So!?", sagte er leise und nickte leicht mit dem Kopf.
Bevor er mich fragen konnte, was er dafür könne oder damit zu tun habe, fügte ich hinzu: „Und zwar ein äußerst erfolgloser!"
„Aha!", reagierte er teilnahmslos.
„Kennen Sie die *Blechtrommel*?", prüfte ich die literarischen Kenntnisse des Mannes.

„Ich les ja weniger“, entschuldigte er sich. „Eigentlich gar nicht. Aber meine Frau, die schon. Und dann erzählt sie mir immer. An die *Blechtrommel* kann ich mich erinnern! Die Liliputaner, Schugger-Leo, das Brausepulver ...“
„Und *Das Parfum*?“, bohrte ich weiter.
Er überlegte kurz.
„Der Verrückte, der aus Leichengift Parfum machen will. Ja.“
„Was sagt Ihnen *Das Hotel New Hampshire*?“
„Susie im Bärenfell. Und der Bursche, der mit seiner eigenen Schwester ...“
„Und wie“ – ich unterzog ihn einer letzten Prüfung – „sieht es aus mit *An den Ufern des Wahnsinns*?“
Der Mann legte die Stirn in Falten, kratzte sich am Nacken und gestand nach kurzem Überlegen: „Das kenn‘ ich nicht!“
„Können Sie auch nicht kennen!“ Fast schrie ich ihn an. „Der Roman ist nämlich von mir! Und kein Verlag will ihn veröffentlichen! Zweiundvierzig Absagen, mein Herr!“ Mein Herz raste. „Zwei-und-vier-zig! Niemand interessiert sich dafür!“ Ich hatte mich in eine erhebliche Erregung hineingesteigert und dadurch wohl das Klingeln der Türglocke überhört.
„Haben Sie Goldhamster?“ Ein kleines Mädchen stand vor uns. Lange blonde Zöpfe, Pausbacken, schwarz-gelbe Tigerentenbrille. Erschrocken ob des plötzlichen Auftretens der Kleinen brüllte ich sie an: „Nein! Die haben wir alle ertränkt! Für die hat sich niemand interessiert!“
Laut weinend lief das Mädchen aus dem Laden hinaus.
„Das war nicht nett von Ihnen!“, maulte mich der Ladenbesitzer an. „Außerdem sind mir 13,50 Euro entgangen!“
Ich griff in meine Gesäßtasche, fingerte nach dem Portemonnaie.
„Schon gut“, sagte er und winkte ab. „Behalten Sie Ihr Geld. Erzählen Sie mir lieber, was ich mit Ihrer Misere zu tun habe!“
Ich sah mich kurz im Laden um, sicher zu sein, dass niemand mich belauschte. Abgesehen von ein paar hundert Fischen, Vögeln, Reptilien und Kleinsäugern waren wir alleine. Trotzdem flüsterte ich: „Bufo marina!“ Und, weil sein Gesichtsausdruck erkennen

ließ, dass er mich nicht verstanden hatte, wiederholte ich leise: „Bu-fo ma-ri-na!“ Sein Blick verriet mir, dass er nicht wusste, was das ist. „Unter den rund zweihundertfünfzig Gattungen der Kröte, lateinisch: Bufo, gibt es etliche Arten, deren Schleimhäute giftige Sekrete absondern. Der Krötenschleim einer ganz bestimmten Art, der Bufo marina, wirkt halluzi ... Er löst Rauschzustände aus, verstehen Sie?“ Sein Mund sagte „ja“, sein Blick „nein“. Leise seufzte ich und unternahm einen längeren Anlauf.
„Was wollen Romanleser lesen?“, fragte ich mich und ihn zugleich. Ich wusste, dass er nicht antworten würde, so tat ich es für ihn: „Schrilles, Schräges und Perverses!“ Der Tierhändler verschränkte seine Arme vor der Brust, legte die Stirn in Falten und schien ernsthaft bemüht, mir zu folgen.
„Ich hingegen bin ein altmodischer Schriftsteller, ein Erzähler, der von ganz normalen Menschen erzählt, Menschen, wie Sie und ich es sind!“ Er nickte zustimmend
„Glauben Sie mir - “ beschwor ich ihn, „ich hab alles Mögliche versucht, um mir Monstrositäten auszudenken. Ich habe Horrorromane gelesen und mir die übelsten Filme angesehen - es hat nichts genützt. Mein Verstand ist zu brav, um Wildes zu erdenken.“
„Sie meinen, Sie müssten über merkwürdige, nicht alltägliche ...“
Er begann, zu verstehen!
„... Menschen und Begebenheiten schreiben, um als ...“
„... Schriftsteller Erfolg zu haben! Genau! Und gestern las ich über Bufo marina, rein zufällig! Indianer lecken deren Schleim und fallen dann in einen rauschähnlichen Zustand, in dem sie alle möglichen und unmöglichen Sachen sehen, und da dachte ich ...“
„... wenn Sie an so einer Kröte lecken, könnte ihnen etwas einfallen, was ihrem Roman den Pfeffer gibt, den er braucht, um gedruckt zu werden!“, fiel mir der Verkäufer ins Wort.
Ich war erstaunt.
„Ach, und Sie dachten, ich hätte ...“
Mit geschickter Hand fischte er ein kleines, glibberiges, rotschwarzgrünes Irgendwas aus dem Teich, sah es an und schien dabei zu überlegen. „Ich muss Sie enttäuschen, ich hab gehört

und gelesen, dass es solche Frösche gibt. Aber die Einfuhr ist verboten, zu gefährlich. Einige von denen sondern Sekrete ab, deren Genuss tödlich sein kann.“

Natürlich hatte ich nicht ernsthaft geglaubt, mit meinem Ansinnen Erfolg zu haben. Es war ein letztes Aufbäumen, ein letzter Versuch, der Erfolglosigkeit zu entkommen – unter Zuhilfenahme bewusstseinserweiternder Drogen. Zwar wusste ich, dass es in unserer Stadt an jeder Straßenecke richtige, wirksame Drogen zu kaufen gibt – aber ich wollte einen natürlichen Kick, keinen chemischen, der mich womöglich abhängig macht. Flügel wollte ich meiner Seele verleihen, nicht sie an den Teufel verkaufen.
Ich murmelte Dankendes und Entschuldigendes und wollte gehen.
Dem Zoohändler schien meine Enttäuschung nicht entgangen zu sein.
„Moment mal!“, sagte er, als ich schon den Türgriff in der Hand hatte. „Wissen Sie, ich kenn das auch, diese düsteren Tage, diese melancholischen Verstimmungen. Nichts will einem gefallen, nichts glücken, alles grau in grau“, sinnierte er und blickte dabei an mir vorbei auf einen imaginären Punkt in der Unendlichkeit.
Plötzlich sah er mir direkt in die Augen. „Sind Sie verheiratet?“
Ein wenig überrascht antwortete ich: „Ja, warum? Was hat das ...“
Er suchte wieder den Punkt in der Unendlichkeit, schien einen Moment über etwas nachzudenken. Dann nahm er das „Bin gleich wieder da!“-Schild, das an einem Schraubhaken neben seiner Ladentür hing, hängte es an die gläserne Ladentür und verriegelte sie. „Kommen Sie!“, forderte er mich auf und führte mich in einen kleinen Nebenraum, in dem einige mit Aktenordnern gefüllte Regale, ein Schreibtisch mit einem PC darauf, sowie zwei alte Sessel standen. „Nehmen Sie Platz!“, bat er mich und erklärte: „Ich erzähle Ihnen etwas. Vielleicht hilft es Ihnen auch ...“

„Möchten Sie noch ein Gläschen Sekt?"
Die Stewardess reißt mich aus meiner Träumerei.
Dankend nehme ich an. Es ist sehr bequem, in der Luxusklasse zu fliegen. Man hat sehr viel Platz in den gediegenen Ledersesseln.
Die Flugbegleiterinnen lesen einem jeden Wunsch von den Augen ab. Und man kann ungestört nachdenken und arbeiten. Ja, es kommt viel Arbeit auf mich zu. In gut einer Stunde werde ich Quentin am JFK-Airport treffen. Heute Abend gehen wir nach dem Dinner im Sheraton nochmal einige Punkte des Drehbuchs durch.
Morgen am Vormittag fliegen wir dann gemeinsam nach L.A., wo wir Bruce und Uma treffen werden. Ich bin froh, dass wir die beiden für die Hauptrollen gewinnen konnten. Und noch viel wichtiger: Jack spielt die zwar kleine, aber sehr wichtige Nebenrolle. Er ist der Einzige, der das so zu spielen im Stande ist, wie ich es mir vorstelle. Mit diesem irren Blick, den man nicht mehr vergisst, wenn man „Shining" gesehen hat. Dabei musste ich mich kaum um sie bemühen. Sie rissen sich darum, Regie zu führen und bei der Verfilmung meines Erstlingswerkes *An den Ufern des Wahnsinns* mitzuwirken. Das Buch war und ist immer noch ein Riesenerfolg, nicht nur in Deutschland, sondern weltweit, seit mehr als drei Jahren schon. Ich habe aufgehört, die Auflagen zu zählen. Die Vertragsverhandlungen für die Auslands- und Filmrechte und meine Vermögensverwaltung habe ich längst an eine bekannte Unternehmensberatung abgegeben. Ich will mich nicht mit diesen trockenen, langweiligen Angelegenheiten beschäftigen.

Was mich immer noch erstaunt, ist die Weigerung des Zoohändlers, den üppigen Scheck, den ich ihm als Dank zukommen ließ, anzunehmen. Er brauche kein Geld, hat er mir damals geschrieben. Aber ich werde nicht vergessen, dass es sein Rezept gegen den Schwermut war, das meinen Erfolg auslöste.
Nachdem ich meiner Frau - behutsam hatte ich sie vorbereitet - davon erzählt habe, und wir ... Kurz: ich habe nur das in meinen

damals bereits fertigen Roman eingearbeitet, was mir der Zoohändler an jenem Nachmittag in seinem kleinen Büro anvertraut hatte. So ungeheuerlich und abartig, aber gleichzeitig faszinierend und erregend, dass kein Schriftsteller sich auch nur Annäherndes ausdenken könnte, ist das, was seine Frau mit ihm anstellt, wenn ihn der Weltschmerz packt.
Es wundert mich nicht, dass so viele Menschen mein Buch lesen wollen.

## Das große Aufräumen

Seit Wochen hatte es fast ununterbrochen geregnet, zudem war es saukalt. Ich bin zwar keine ausgesprochene Schönwetterläuferin, aber meine bevorzugten Laufstrecken dürften sich bei dem Dauerregen in schlammige Rutschbahnen verwandelt haben. Weder wollte ich einen Sturz mit Bänderdehnung oder Kapselriss riskieren, noch eine Erkältung einfangen – das war so ziemlich das Letzte, was ich in meinem Zustand gebrauchen konnte.

Ich neige zu depressiven Verstimmungen, und Laufen ist das einzige, was mir dagegen hilft. Das war also wetterbedingt nicht möglich, und ich wurde von Tag zu Tag düstersinniger. Jochen, mein Mann, tat kaum etwas, um meinen Zustand zu verbessern. Genau genommen verschlimmerte er ihn noch, indem er von der Arbeit heimkam und sich, statt mir ein wenig Gesellschaft und Ablenkung zu schenken, mit seinen diversen Hobbys beschäftigte. Also griff ich, um nicht zum Fall für den Therapeuten zu werden, auf eine alte Feng-Shui Übung zurück, die meiner Freundin Elke gegen alle Formen seelischer Schieflagen hilft: Aufräumen.

Unsere Kellerräume waren das ideale Objekt zum Ausleben fernöstlicher Esoterik. Keine Wand, die nicht in gesamter Breite und Höhe mit Regalen bebaut war, und kein Regal, das nicht vor Innereien zu platzen drohte. Jochen konnte sich ja nie von etwas trennen. Glauben Sie bloß nicht, dass der einmal ein kaputtes Gerät weggeworfen hätte! Wenn er Zeit hat, spätestens wenn er Rentner ist, wird er alles reparieren und wieder benutzen oder bei ebay verkaufen, sagte er immer. Mein Jochen - mit seinen zwei linken Händen voller Daumen!

Genau ein Dutzend Steh-, Decken- und Tischlampen zählte ich! Drei alte Toaster, zwei Plattenspieler. Eine elektrische und eine mechanische Schreibmaschine, eine elektrische Kettensäge. Eine

Körnermühle aus Jochens Zeit als Vegetarier, die fast zwei Wochen dauerte, die fleischlose Zeit. Drei Rasierapparate. Ein 350-Liter-Aquarium. Drei Fernsehgeräte, zwei Kofferradios. Dazu etliche Kartons mit alter Kleidung, Kisten voller Tapeten- und Fliesenüberbleibseln, Eimer mit längst vertrockneten Farbresten. Sechs Kartons, randvoll mit …

Entschuldigung - ich wollte Sie nicht langweilen.
Jochen hat nie etwas weggeworfen. Man könne alles noch benutzen, alles Defekte reparieren. Falls die Kinder mal wieder zurück zu uns ins Haus ziehen wollen, meinte Jochen erst neulich, können wir das alles wieder gebrauchen.
Die sollen bleiben, wo sie sind, erwiderte ich.

Jahrelang habe ich das alles ertragen, habe zugesehen, wie Jochen unsere Keller mit allem möglichen und unmöglichen Mist voll stopfte. Aber gestern Nachmittag hab ich mich in Feng Shui geflüchtet, um nicht das große Heulen anzufangen.
Zunächst habe ich die Fernsehgeräte - zum Glück waren es nur kleinere - und die Fliesen- und Tapetenreste in mein Auto geschleppt und zur Müllannahmestation gefahren. Wieder daheim, ging es mir schon besser. Die nächste Fuhre war ein Lampentransport. Auch die Körnermühle, Plattenspieler und Radios brachte ich unter. „Sie schaffen aber richtig Platz, was?", fragte der Mann bei der Annahmestelle. Das sei erst der Anfang, sagte ich, am nächsten Tag würde ich wieder kommen. „Recht so!", unterstützte er mein Tun und wies darauf hin, dass ohnehin gleich Feierabend sei.

Und als ich wieder zuhause war und weiter aufräumte, stand mit einem Mal mein Jochen im Keller. Leichenblass und zitternd. Mit bebender Stimme fragte er mich, was in Gottes Namen (er - der schon vor Jahren aus der Kirche ausgetreten ist, bemühte nun plötzlich den von ihm verschmähten Schöpfer! Ha!) ich da treiben würde, und wo die Geräte hin seien, die er demnächst reparieren wollte! Und da ist mir der Kragen geplatzt.

Gerade ging es mir so gut wie seit Wochen nicht mehr, fast hatte ich meine Schwermut überwunden, sah das Grau meines Seelenhimmels aufreißen – da kam dieser Schweiger, dieser Allessammler, dieser Kellervollstopfer, dieser Depressionsdirigent und riss mich mit seinen Jammereien wieder in den tiefsten Keller! Ich wuchtete soeben das Aquarium, in dessen Scheibe schon ewig ein langer Riss klaffte, aus dem untersten Fach des Regals heraus. Und als mein Gatte auf den Höhepunkt seiner Wehklagen zusteuerte, hatte ich plötzlich eine große Scherbe in der Hand, die aus der Glaswand herausgebrochen war. Ohne ihm wirklich drohen zu wollen, hielt ich Jochen die Scherbe unter die Nase, trieb ihn vor mir her kreuz und quer durch den Keller und sagte, er solle in sich gehen und mich mit seinem Altmännergejammer verschonen - gerade jetzt, wo ich die Wirkung des Feng Shui zu spüren begann! Verängstigt wich er mir aus, rückwärts gehend, und verhedderte sich dabei in dem Gewirr aus Kabelresten, das ich zuvor in die Mitte des Kellers geworfen hatte, um es erst einmal aus dem Weg zu haben. Jochen stolperte und fiel genau (Mein Gatte - der selten etwas genau machte!) mit dem Nacken in den V-förmigen Ausschnitt des Aquariums.

Was soll ich Ihnen sagen? Ich weiß nicht, warum Jochen die elektrische Kettensäge zwischen all dem Schrott verstaut hatte. Die war gar nicht kaputt! Gut – die Sägezähne waren nicht mehr die schärfsten, dadurch wurden die anderen Schnittflächen nicht annähernd so sauber und glatt wie die an Jochens Hals. Aber schließlich wollte ich irgendwann mit der Aufräumerei fertig sein, da konnte ich mich nicht an Nebensächlichkeiten stören.

Ich kriegte meinen Gatten größtenteils in den vielen, fast leeren Farbeimern unter. Glücklicherweise ist heute Müllabfuhrtag, so verteilte ich Jochen gestern im Dunkeln auf die Mülleimer der Nachbarschaft, die schon zur Abholung an den Straßenrand gestellt waren. Ein Oberschenkel blieb noch übrig (der linke, glaube ich), den hab ich erstmal in die Tiefkühltruhe gepackt. Den entsorge ich in zwei Wochen, beim nächsten Müllabfuhrtermin.

Und heute früh – Sie werden es nicht glauben! – hörte es auf zu regnen! Der Himmel riss auf und die Sonne ließ sich wieder blicken! Ich werde jetzt gleich den Keller feucht auswischen, noch ein oder zwei Fuhren aus den Regalen zur Müllannahmestelle bringen, und dann heute Nachmittag ein halbes Stündchen laufen - langsam und vorsichtig! Wäre doch gelacht, wenn ich mit der Kombination aus Feng Shui und Jogging meine Depression nicht in den Griff bekäme!

## Der Idiot

„Hier spricht Günther Jauch, guten Abend!"
Ich hatte nicht unbedingt mit dem Anruf gerechnet, hatte es Heinz nicht zugetraut, auf den berühmtesten Stuhl der deutschen Fernsehgeschichte zu gelangen. Aber überrascht war ich nicht.
Bei ihm, sagte Günther Jauch, säße Heinz Mölleking und benötige meine Hilfe. Es ginge um 64.000 Euro, es sei eine Literaturfrage, für die Herr Mölleking bereits den Fifty-Fifty-Joker eingesetzt hätte, und ich wäre der letzte Joker. Dann fragte der Moderator, ob ich bereit sei. Ich war bereit.
„Hallo Harry!", hörte ich Heinz sagen, und dann stellte er mir, langsam und artikuliert sprechend, aber mit leichtem Vibrato in der Stimme die Frage: „Wer ist der ‚Idiot' in Dostojewskis gleichnamigem Roman?"
Ich brauchte die vorgegebenen Namen nicht zu hören. Ich wusste die Antwort. Heinz las den richtigen Namen, Myschkin, als zweite der möglichen Antworten vor. Der andere Name war Stawrogin, eine Hauptfigur aus den „Dämonen". Ich atmete tief durch. Heinz wiederholte die Frage und die Namen und fügte dann hinzu: „Noch zehn Sekunden, Harry!"

„Nochmal die Namen, Heinz!" Ich wollte ihn quälen. Ich wollte ihn ducken, demütigen und vernichten. Dass er schwitzte, kreidebleich war, aufgeregt wie ein Huhn – ich sah es wenige Tage später in der Aufzeichnung der Sendung. Heinz hatte sich passabel geschlagen, wenn er auch bei der 300 Euro-Frage bereits die Hilfe des Publikums benötigt hatte.
Bei der 16.000er Hürde, einer Geschichtsfrage, wäre Heinz fast ins Bodenlose gefallen, wenn Jauch nicht einen seiner großzügigen und hilfreichen Momente gehabt hätte.
Durch die anderen Fragen lavierte Heinz sich mehr oder weniger souverän hindurch. Sein mathematisch-naturwissenschaftliches Wissen und sein logisches Denkvermögen waren ihm behilflich, das muss ich anerkennen.

Heiser wiederholte er die zwei Namen. Ich konnte seinen Angstschweiß durchs Telefon riechen, hörte die Panik in seiner Stimme.
„Harry?", fragte Heinz, und er klang sehr aufgeregt, selbst durch das Telefon.

Etwa so aufgeregt wie Heinz in jenem Moment, musste ich Jahre und Jahrzehnte zuvor geklungen haben, als ich ihm, der damals in der Reihe vor mir saß, zuflüsterte: „Hey, Heinz!"
Ich trat gegen eines seiner Stuhlbeine, wollte ihn dazu bewegen, sich ein wenig zur Seite zu beugen und mir die Sicht frei zu geben auf seine reichlich beschriebenen Bögen. Auf dem vor mir liegenden Blatt waren lediglich mein Name und das Datum zu lesen. Mehr sollte es an jenem Tag auch nicht werden. Auf einem anderen Stück Papier, das Ewert, unser Mathelehrer, zu Beginn der Stunde verteilt hatte, standen die Aufgaben der Klassenarbeit. Es ging um Winkelfunktionen. Vielleicht aber auch um Logarithmen, oder darum, zu beweisen, dass ich in der Lage war, den Rechenschieber zu bedienen. Möglicherweise auch um irgendetwas ganz Anderes. Ich weiß es nicht mehr, ich habe es verdrängt.

Die einzige mathematische Disziplin, die man neben den Grundrechenarten im alltäglichen Leben wirklich braucht, ist der Dreisatz. Diese Theorie habe ich bereits als Schüler entwickelt, und sie wurde mir bis heute immer wieder bestätigt. Alle anderen Themen des Mathematikunterrichts sind für den Normalbürger überflüssiger Ballast. Das bisschen, was ich von dem ganzen Kram jemals begriffen hatte, habe ich vergessen. Und einiges habe ich nie gelernt, wie zum Beispiel das, was Gegenstand der Klassenarbeit war, bei der Heinz, unser Matheprimus, mich nicht abschreiben ließ.
Beharrlich blieb er aufrecht sitzen, dehnte sogar seine Schultern, um mir den Blick auf seine Arbeit zu verwehren. Eine oder zwei der Aufgaben hätten mir gereicht, um ein ausreichendes Ergebnis

abzuliefern und Schlimmes zu verhindern – eine versetzungsgefährdende Fünf in Mathe.
Und, was noch schlimmer war - als Strafe für die Fünf, die ich dann wegen der restlos verhauenen Mathearbeit im Zeugnis bekam, und obwohl ich dank guter Zensuren in den anderen Hauptfächern trotzdem versetzt wurde, durfte ich in den Sommerferien nicht wie geplant mit Uwe, Heiner und Ulli eine Fahrradtour durch Deutschland machen. Ich musste zuhause bleiben und Mathe pauken.

Uwe, Heiner und Ulli verbrachten fünf wundervolle Wochen. Bei bestem Wetter kamen sie weit herum, sahen große und kleine Städte, wunderbare Landschaften, klassische Ausflugsziele. Und, was das wichtigste war - sie lernten viele Mädchen kennen. Sogar der stille Heiner verlor auf der Radtour seine Unschuld. Ich behielt meine. „Schade, dass du nicht dabei warst …", sagten die drei oft. Sie sagen es heute noch, wenn wir uns zufällig treffen, und das Gespräch auf die schönen fünf Wochen kommt, in denen ich zuhause saß und Mathematik lernte, während sie lebten.
Sicher, das Büffeln war von Erfolg gekrönt; im folgenden Jahr fand ich mich problemlos in der gehobenen Welt der Zahlen zurecht. Aber um an dem fünfwöchigen Fahrradtrip teilnehmen zu können, hätte ich gerne ein Schuljahr wiederholt.
„Das wirst du mir büßen, irgendwann, und zwar so richtig, Heinz!", zischte ich ihm zu, als ich Ewert mein leeres Blatt übergab. Heinzens Grinsen habe ich nie vergessen, und auch seine Replik nicht: „Das wäre dann das erste Mal, Dreisatz-Harry, dass du etwas richtig machen würdest, du Idiot!"

Nach der Schulzeit habe ich Heinz Mölleking und die meisten anderen KlassenkameradInnen nicht mehr gesehen.
Zum dreißigsten Jubiläum unserer Schulentlassung lud Bodo, unser langjähriger Klassensprecher, überraschend zu einem Klassentreffen ein. Erstaunlich viele aus der damaligen Abschlussklasse

kamen; nur wenige erkannte ich auf Anhieb, mich erkannte niemand wieder.
Heinz hatte sich kaum verändert. Voll und dunkel noch das Haar, straff die Figur – eine blendende Erscheinung. Heinz hatte vor einigen Jahren das Baugeschäft seines Vaters übernommen, erzählte er stolz. Da erst fiel es mir ein, dass ich oft im Landkreis das Schild „Mölleking-Bau“ gesehen hatte, vornehmlich in den zahlreichen Neubaugebieten, die in jedem Kaff erschlossen wurden.
Verheiratet sei er, zwei Töchter hätte er, einen selbstgebauten Winkelbungalow in G. Es ginge ihm gut, resümierte Heinz beim Klassentreffen, einfach gut ginge es ihm.

„Es geht mir schlecht, Harry, einfach schlecht geht es mir!“ So eröffnete er das Telefongespräch einige Tage vor seinem Auftritt bei der Millionärsshow. Seine Firma stünde kurz vor dem Konkurs, seine Frau hätte sich von ihm getrennt und die Töchter mitgenommen. Er hätte nur noch eine Chance, sagte er, und klang verzweifelt. Nach dem berühmten Strohhalm greifend, hätte er sich bei „Wer wird Millionär?“ beworben und auf Anhieb Erfolg gehabt! Das sähe er als günstiges Zeichen an. Und mich hatte er als einen seiner Telefonjoker auserkoren. „Literatur, Harry, Bücher – das ist genau deine Welt! Du hast doch immer viel gelesen, schon als Schüler! Und das sei noch viel mehr geworden, hast du beim Klassentreffen erzählt! Das ist schon toll, wenn man sich so für Literatur begeistert wie du!“

Du alter Schleimer.

Ein Bücherwurm, ein verträumter Spinner sei ich, der Dreisatz-Harry, ja immer schon gewesen, hatte Heinz beim Klassentreffen gespottet, als mich jemand – war es Ute? – fragte, ob ich immer noch so viel lesen würde.

„125.000 Euro - das würde fürs Erste reichen, damit könnte ich den Hals aus der Schlinge ziehen, ganz klein, aber neu, anfangen! Alles darunter würde in Hartz IV enden, oder schlimmer“, jammerte Heinz immer leiser werdend am Telefon.
„Geht schon klar, Heinz“, sagte ich, „das packst du!“ Ich nahm den Job als Literaturtelefonjoker an, hoffend, dass ich damit die große Chance hätte, mich für fünf verlorene Wochen, die zu den schönsten meines Lebens hätten zählen können, zu rächen.

„Harry?“ Er wimmerte, weinte fast. Ich hatte ihn auf den Knien. Ich grinste dämonisch. Es war Zeit für den Fangschuss.
„Stawrogin“, sagte ich. „Ganz sicher, Heinz - Stawrogin ist die richtige Antwort!“ Dann knackte es in der Leitung.

Gestern rief Ute mich an. Am vergangenen Wochenende hatte es wieder ein Klassentreffen gegeben. Warum ich nicht gekommen sei, fragte sie. Ich wollte mich nicht zum Gespött machen, antwortete ich. Und obwohl es mir nach Monaten immer noch unangenehm war, obwohl ich nie darüber sprechen wollte, nachdem ich die Aufzeichnung der Millionärsshow gesehen hatte, fragte ich sie doch: „Was hat Heinz erzählt?“
Es ginge ihm bestens, habe er berichtet. Nach einer kleinen Flaute sei er wieder gut im Geschäft, nicht zuletzt wegen der 500.000, die er bei Jauch gewonnen habe. Auch sein Familienleben, das unter der schlechten Geschäftslage gelitten hätte, sei wieder im Lot.
„Haben sie über mich gelacht, Ute?“
Sie druckste herum.
Ich konnte es mir schon denken, nach dem, was Heinz in der Sendung auf Jauchs Frage, warum er nicht die sichere Antwort seines Telefonjokers nähme, geantwortet hatte: „Dreisatz-Harry ist eine Niete, immer schon gewesen. Das einzige, worauf man

sich bei ihm verlassen kann, ist, dass er grundsätzlich falsch liegt. Er ist ein Idiot!“
Es wird wohl lange dauern, bis ich wieder einmal Gelegenheit haben werde, mich für die verlorenen fünf Wochen zu rächen.

## Der Turmdschinn

Die meisten Menschen langweilen mich, darum meide ich sie. Es gibt für mich nichts Schlimmeres als Langeweile.
Ich bin gerne alleine. In meiner selbstgewählten Einsamkeit stehen mir verschiedenste Formen der Unterhaltung zur Verfügung. So besitze ich neben einer umfangreichen Bücher- und Filmsammlung ein sehr schönes, offensichtlich recht altes Schachspiel. Ich erstand es vor Jahren auf dem Flohmarkt. Damit spiele ich gelegentlich berühmte Schachpartien nach. So auch gestern Vormittag.

Ich baute das Schachspiel auf, stellte jede der prächtigen großen Figuren auf ihren Startplatz - zuerst die weißen, dann die anderen. Dabei fiel der schwarze Turm um. Mit einem verhaltenen „Klock“ fiel er auf das Spielfeld. „Humpf!“, sagte ich.
Die Turmspitze klappte auf. Aus dem Turm heraus krabbelte ein Männchen. Etwas länger als mein Daumen, spindeldürr, mit einer großen Hornbrille auf der römischen Nase, sein Kopf umgeben von einer roten Zottelmähne. Er sah aus wie ein kleiner Woody Allen.

„Falsch!“, sagte das Männchen und brachte mich zum Erstaunen, „Woody sieht aus wie ich!“
„Du kannst Gedanken lesen!“, stellte ich verblüfft fest.
„Ja, klar kann ich das. Ich bin ein Dschinn! Ich kann alles, was ein guter Geist können muss – Gedanken lesen, komplizierte mathematische Aufgaben in Rekordzeit lösen und die Zukunft vorhersagen! Obwohl das Gedankenlesen eben, ich geb’s zu, keine Meisterleistung war.“
Das stimmte. Jeder, der den großen kleinen Schauspieler und Regisseur kennt, würde beim Anblick des Turmdschinns sofort an ihn denken.
„Wie ich in den Turm hineingekommen bin?“, fragte der Dschinn und sprach etwas aus, das ich bestimmt innerhalb der

nächsten 10-15 Minuten gedacht und gefragt hätte. „Das war Chaplin - ein ganz mieser Typ, ein schlechter Verlierer. Ich war Mitte der dreißiger Jahre ein verdammt guter Schauspieler. Bei den Dreharbeiten zu *Modern Times* – du kannst mich in dem Film sehen, ich spielte einen der Streikenden, in deren Demonstrationszug Chaplin gerät, als er die Fabrik verlässt - lernte ich Paulette Goddard kennen. Obwohl sie zu der Zeit schon mit Chaplin liiert war, verfiel sie meinem Charme und Aussehen, und sie ließ mich … Du verstehst schon."
Ich verstand.
„Chaplin kam dahinter. Er machte eine Riesenszene, gab der heulenden Paulette einige Ohrfeigen. Geheiratet hat er sie dann aber doch. Und mich ließ er schrumpfen."
„Hm?"
„Bei seiner Indienreise, 2-3 Jahre zuvor, hatte er einen Zauberer kennen gelernt. Zu dem nahm er Kontakt auf, schickte ihm vermutlich einige meiner Haare, die er in Paulettes Haarbürste gefunden hatte. Und das reichte dem indischen Hexenmeister, um aus mir das zu machen, was du jetzt siehst. Dann steckte Chaplin mich in diesen Turm und belegte mich mit einem Fluch: Ich könne den Turm nur verlassen, wenn jemand das Zauberwort spräche: **Klock-Humpf**!"

„Das ist tragisch …", stellte ich fest.
„Ja. Aber immerhin gaben Chaplin und der Zauberer mir enorme geistige Fähigkeiten mit, die ich in der Einsamkeit und Ruhe des Turmes bis zur Perfektion trainieren konnte!"
Ich zweifelte daran.
„Du sagtest etwas von mathematischer Begabung …"
„Ja, frag nur! Frag mich, wie viel 12x12 ist – die Antwort lautet: 144!"
„Ich weiß."
„Die Wurzel aus 81 ist 9"
„Stimmt."
„2, 3, 5 und 7 sind die einzigen einstelligen Primzahlen!"

Ich konnte ein Gähnen nicht unterdrücken.
„Wie steht es mit deinen Fähigkeiten, die Zukunft vorauszusehen?"
Theatralisch hielt er die rechte Hand vor seine Augen. „Ich sehe … ich sehe … einen finanziellen Verlust auf dich zukommen, schon in wenigen Tagen!"
„Stimmt. Am nächsten Ersten ist, wie an jedem Ersten eines Monats, die Unterhaltszahlung an meine Exfrau fällig."
„Eure nächste Regierung wird auch nicht besser sein als die jetzige!"
Er begann, mich ernsthaft zu langweilen. Und, wie bereits erwähnt - nichts hasse ich mehr, als gelangweilt zu werden. Ich stellte den Turm, der immer noch quer über b7-c6 lag, auf seinen Platz. Vorsichtig griff ich den Kleinen mit Daumen und Zeigefinger.

„He – was machst du? Sperr mich nicht wieder ein! Ich kann dir eine große Hilfe, ein guter Berater sein! Leg dein Geld gut an, kauf Aktien der Telekom!"
Ich seufzte. „Hab ich schon!"
„Bayern München wird Deutscher Fußballmeister!"
Ich ließ ihn in den Turm sinken.
„Auch diese Geschichte wirst du nie zwischen Buchdeckeln finden!"

Ich verschloss die Schachfigur, fest und schalldicht. Falls er mir jemals wieder umstürzen sollte, werde ich bemüht sein, den schwarzen Turm wortlos wieder aufzustellen.

## Der Venusbecher

Vor sechs Wochen, an einem Samstagmorgen, wollte ich gerade Bergfelds EDEKA-Laden betreten um Brötchen und Zeitungen zu kaufen, als mir mein Freund Siggi in die Arme lief. Er verließ soeben den Laden, eine Plastiktüte in jeder Hand.
„Moin, Siggi! Na, so früh schon eingekauft? Zeig doch mal, was du Schönes in der Tüte hast!"
Ich griff nach einer der beiden Einkaufstaschen und bemerkte sofort Siggis verlegenen Gesichtsausdruck, als ich in die Tasche hineinsah.
Joghurt.
Die Einkaufstüte war gefüllt mit gut einem Dutzend Joghurttöpfchen der Marke „Venusbecher". Ich kannte sie aus der Werbung. Leuchtend rot, mit großer, weißer Aufschrift: "Venusbecher", darunter etwas kleiner: "macht Lust". Zwei fast nackte Frauen mit sinnlichem Blick sind darauf zu sehen. Und der Text:
*Eine Mischung von ausgewählten, stimulierenden Ingredienzien und zartem Joghurt ermöglicht das neue Lusterlebnis durch den Venusbecher.*

Nun muss ich sagen, dass Siggi alles andere als ein Joghurt- oder gar Müsliesser ist. Ein gestandener Mann, anfang Fünfzig, kräftige Statur, um nicht zu sagen: dick. Ein Fleischfresser, wie er im Buche steht.
Es kam mir nicht in den Sinn, dass er die Joghurtbecher für sich gekauft haben könnte. Ich vermutete gleich, sie seien für Ulrike, seine Ehefrau. Auch sie eine Frau von Statur. Rubens hätte seine Freude an ihr gehabt.
Wahrscheinlich wollte Ulrike wieder eine Diät beginnen, um diese nach einigen Tagen, frustriert wegen der Wirkungslosigkeit, wieder abzubrechen. Ich hatte mit meiner Vermutung Recht.
„Na, will Ulrike wieder diäten, Siggi?"
Er sah sich verlegen um, seine ohnehin dicken und roten Wangen färbten sich noch ein wenig dunkler. Er räusperte sich und erwi-

derte leise: „Nein, keine Diät ... Es ist so, Jörg - wir sind seit 26 Jahren verheiratet ...“
„Ja, weiß ich, ich soll bei eurer Silberhochzeit dabei gewesen sein, hat man mir zwei Tage später erzählt!“
Siggi schmunzelte.
„Ja, warst schön voll an dem Abend. Also, weißt du, nach 26 Jahren Ehe, da wird so manches ... Will sagen, es ist viel Gewohnheit, Langeweile kommt auf. Samstagabend – frisch gebadet, wenn überhaupt. Verstehst du?“
Ich verstand. Aber noch nicht ganz.
„Naja, und dann hab ich neulich in der *Praline* ...“
Siggi war schon immer ein Freund guter, erotischer Literatur gewesen. „... so einen Artikel gelesen: *Frischen Sie ihr Sexleben auf*! Und da stand drin, dass es einen enormen Lustgewinn bringt, wenn man seine Partnerin, also meine Ulrike zum Beispiel, mit Joghurt ... also, sie gewissermaßen ... eincremt, und dann ... Verstehst du, Jörg?“
Ja - jetzt verstand ich.

Die Vorstellung, wie Siggi seine Ulrike von oben bis unten mit Joghurt einschmiert und dann abschlabbert, hätte mich fast aus der Fassung gebracht. Es war ein kräftiger Biss auf die Zunge erforderlich, um nicht laut loszuplatzen, dort, vor dem Eingang zum Supermarkt.
„Jaja, verstehe Siggi, da gab’s mal so ‘nen Film ...“, murmelte ich, während die schmerzende Zunge mir Tränen in die Augen trieb.
„Du meinst, das klappt? Und - was sagt Ulrike dazu?“ Siggi zog die Stirn in Falten.
„Sie weiß es noch gar nicht, hab nichts davon erzählt. Heut‘ Abend, vielleicht ...“
„Na, da bin ich aber gespannt, Siggi! Nächsten Donnerstag beim Doppelkopf musst du mir unbedingt erzählen, wie es war!“
„Klar, Jörg. Aber erzähl‘ bitte den anderen nichts davon, das wäre mir peinlich, verstehst du?“
„Mach dir keine Sorgen, Siggi. Ich schweige, Ehrensache!“

Wir verabschiedeten uns. Kopfschüttelnd und lächelnd begab ich mich in den EDEKA-Markt um die Brötchen fürs Wochenende zu kaufen.

Am darauf folgenden Donnerstag fehlte Siggi bei unserem Doppelkopfabend. Auch an den nächsten Donnerstagen mussten wir unseren vierten Mann unter den anderen Kneipengästen suchen. Mir war klar, was das bedeutete: Siggi hatte mit dem Wiederbelebungsversuch an seinem halbtoten Sexualleben eine Katastrophe ausgelöst. Dergestalt, dass Ulrike, angewidert von seinem Ansinnen, ihm jeglichen Umgang mit seinen Freunden verboten hatte, vermutend, dass wir ihn auf jene abstruse Idee gebracht hätten. Mehrmals hatte ich den Telefonhörer in der Hand; ich wollte Siggi anrufen, um zu erfahren, was geschehen sei. Die Angst vor der Wahrheit und vor Ulrike ließ mich den Hörer jedesmal stumm wieder auflegen.

Heute Morgen habe ich Siggi wiedergesehen.
Ich bin im EDEKA-Laden an ihm vorbeigegangen, habe ihn nicht auf Anhieb erkannt. Sein „Hey - Jörg, kennst du mich nicht mehr?“ ließ mich verharren und zu ihm umdrehen.
Das war nicht mehr mein Siggi.
Blass die Wangen, schmal das Gesicht. Der Hemdkragen schlotterte um seinen ehemaligen Stiernacken herum. In den Hosengurt hatte er drei zusätzliche Löcher gestanzt, um die weit gewordene Hose am Rutschen zu hindern.
Das Schlimmste: Siggis Augen, die immer so fröhlich glänzten, besonders, wenn sie eines fetten Eisbeines mit Sauerkraut, einer großen Schlachteplatte oder einer Riesenportion Grünkohl mit Bauchspeck und Bregenwurst, oder eines großen, vollen Bierglases ansichtig wurden - sie hatten ihren Glanz verloren.
„Mein Gott, Siggi! Wie siehst du aus!? Was ist passiert? Bist du krank? Wir haben uns um dich gesorgt, Junge!“
Er schüttelte den Kopf.

„Nein-nein, nicht krank. Mir geht es gut, soweit. Macht euch keine Sorgen ..."
Verstohlen wischte Siggi eine Träne aus dem Augenwinkel.
Erst jetzt bemerkte ich den Inhalt seines Einkaufswagens: Dutzende von „Venusbechern" verschiedenen Geschmacks: Schwarze Johannisbeere, Kirsche, Pflaume, Aprikose, Nuss und andere. Von allen Bechern lächelten mich die beiden halbnackten Damen verheißungsvoll an. Dazu Konfitüren, Marmeladen, Kefir, Quark, Sahne und Buttercremeschnittchen. Außerdem hatte Siggi Obst und Gemüse eingekauft: Karotten, Maiskolben, Gurken, Zucchini, Bananen, Weintrauben. Siggi hatte noch nie gerne Obst und Gemüse gegessen. Aber immerhin: Es lagen auch einige Flaschen Bier in seinem Wagen.
„Sag mal, bist du Vegetarier geworden, Siggi?"
Er begann zu schluchzen, Tränen rollten über seine eingefallenen Wangen.
„Ulrike. Der Venusbecher. Weißt du noch? Der Zeitungsartikel ..."
Ich wüsste noch, sagte ich und drängte ihn in eine ruhige Ecke des Supermarktes, wo er ungestört erzählen konnte.

„Als ich ihr davon erzählte, an dem Abend, war sie zunächst außer sich vor Entrüstung. Hat mich angesehen wie einen Triebtäter, einen Kinderschänder, einen Perversen, wie ich so dasaß, im Bett, neben ihr, den Joghurtbecher in der Hand. Ich wollte mich gerade zurückziehen, so peinlich, Jörg, so peinlich war mir das! Ich kam mir vor wie ein altes Ferkel. Da sagt sie plötzlich, wenn ich schon da wäre mit dem Joghurt, solle ich mal machen, dieses eine Mal. Und dann hat sie ihr Nachthemd ein wenig aufgeknöpft ..."

Und ihm ihre riesigen Brüste präsentiert.

„... ich hab sie dann vorsichtig mit Heidelbeerjoghurt ..."

Eingeschmiert. Vermutlich jeweils eine der ganzen Früchte auf ihren Brustwarzen positioniert. Und dann alles abgelutscht. Die Früchte vorsichtig zwischen Zunge und Gaumen zerdrückt, so, dass Ulrikes Brustwarzen dabei zärtlich massiert wurden.

„... als ich den ganzen Joghurt dann ... na ja ... abgeleckt hatte, hat sie mich ganz merkwürdig angesehen. Und hat gefragt, ob ich noch mehr Joghurt gekauft hätte. Und dann hat sie ihr Nachthemd ..."

Ganz aufgeknöpft. Langsam, Knopf für Knopf.

„Als ich mit den anderen Joghurtbechern aus der Küche zurückkam, lag sie splitternackt vor mir. Wie schon seit Jahren nicht mehr, Jörg. Und ihre Blicke ... und sie hat so merkwürdig geatmet. Und gesagt, ich solle sie ..."

Von oben bis unten mit Joghurt einschmieren.
Überall.
Auch da, und da.
Und sogar: da!

„... als ich dann alles abgeleckt hatte, war sie fast bewusstlos, und mir war hundeelend. Ich hatte mir den Magen verdorben, Jörg. Am folgenden Sonntagmorgen konnte ich zum Frühstück nichts essen, und du weißt ja, ich ess' zum Frühstück so gerne Bratkartoffeln mit Rührei. Und dann, am Sonntagabend ..."
Sein Schluchzen wurde lauter.

Ich konnte mir schon vorstellen, was ihn Sonntagabend erwartet hatte.

„... nach der Tagesschau sagte sie, wir wollen heute mal früher zu Bett gehen. Sie ginge schon mal vor. Ich solle gleich nachkommen. Und ich solle ein paar Gläser Konfitüre aus dem Keller mitbringen."
Jetzt konnte der arme Kerl nicht mehr an sich halten. Er fiel mir um den Hals und heulte laut los. Seit jenem Abend sei es immer schlimmer geworden. Er hätte seitdem keine normale Mahlzeit mehr zu sich genommen. Ulrike sei sein Frühstücks-, Mittags- und Abendtisch geworden. Und manchmal seine Kaffee- und Kuchentafel. Ihre Brüste, ihr Bauch, ihr Gesäß, ihre Oberschenkel und ihre rasierten Achselhöhlen seien seine Teller, ihr Bauchnabel und ihre Schamlippen seither Tassen und Gläser für ihn, seine Zunge Messer, Gabel und Löffel. Er sehne sich so nach einem saftigen Steak mit Pommes Frites, und müsse Buttercreme aus Ulrikes Kniekehlen schlecken. Wenn er den Honig von ihren Pobacken leckt, denke er an knusprige Grillhähnchen. Trinkt er das Bier lauwarm und in kleinen Schlucken aus ihrem Bauchnabel, erinnere er sich der schönen Doppelkopfabende in unserer Kneipe. Zum Frühstück bekomme er Obst und Gemüse präsentiert. Roh, aber garniert mit nicht auszusprechenden Säften. Und er müsse die Karotten, Bananen, Weintrauben und das andere Zeug vorher selbst in das von Ulrike dazu bestimmte, feuchte Schälchen einlegen, um sie anschließend mit Lippen und Zunge wieder herauszuholen. Und davon sei er immer so satt, dass er nicht mal mehr eine handfeste Mahlzeit zu sich nehmen könne. Seit sechs Wochen Rohkost, drei bis viermal täglich. Er sei ein Wrack, schluchzte er.
"Sag mal, Siggi ..."
"Ja?"
"Wenn du schon so gerne Fleisch und Wurst ... Ich meine, hast du mal daran gedacht, Ulrike vorzuschlagen, den Speiseplan ... also, ihn gewissermaßen zu erweitern? Um Bockwurst, oder Salami, oder ..."
"Fleischwurst. Jaja, Jörg, hab ich."
"Und?"

Siggi winkte traurig ab.
"Sie hat gesagt, das sei pervers und ich ein altes Ferkel. Das war's dann. Mach was dagegen ..."
Ja, mach was dagegen ... Armer Siggi. Ich konnte ihm nicht viel mit auf den Weg geben, klopfte ihm freundschaftlich auf die Schulter, wünschte ihm alles Gute. Er möge den Kopf hochhalten. Ich bat ihn noch, Ulrike zu grüßen. Dann sah ich ihm hinterher, als er den mit Obst, Gemüse und Milchprodukten gefüllten Einkaufswagen zur Kasse schob. „Das hast du nun von den Auswüchsen der Pressefreiheit, Siggi!", dachte ich.

Ich besorgte noch eben das, was meine Frau mir zu kaufen aufgetragen hatte. Kartoffeln, Rinderfilet, Keniabohnen. Sie will morgen Abend ein schönes Essen anlässlich unseres zweiundzwanzigsten Hochzeitstages zubereiten. Zum Dessert soll es eine Beerencreme geben. Mit Joghurt.
Als ich vor dem mit verschiedenen Joghurtmarken und -sorten gefüllten Kühlregal stand, unentschlossen, welche Marke ich nehmen solle, lächelten mich die beiden hübschen Mädchen von den Venusbechern an. Dem Lächeln konnte ich nicht widerstehen. Zwei der Becher legte ich in meinen Einkaufswagen, für die Beerencreme.
Und dann noch mal acht Stück dazu.

## Die Liebe in den Zeiten der Vogelgrippe

Edgar trank den letzten Schluck aus seinem Becher. Mit dicken Backen spülte er geräuschvoll den Mund und schluckte das Gemisch aus Kaffee und Brötchenklumpen herunter. Claudias missbilligender Blick entging ihm nicht.
Vor ihm auf dem Tisch, neben seinem Frühstücksbrettchen, lag die Zeitung mit den großen Lettern. WARUM GERADE MEIN PITTY?, lautete die Titelzeile über dem Foto des tränenüberströmten Gesichts der Rentnerin Lydia M. aus Paderborn. Ein weiteres, etwas kleineres Foto zeigte den Leichnam ihres Wellensittichs, ausgestreckt auf ihrer Innenhand liegend. Pittys Köpflein ruhte neben den zwei goldenen Eheringen.
Edgar presste die Lippen aufeinander und las den Artikel zu den Bildern. Hätte sie ein Gewehr, sie würde jeden erschießen, der den Tod ihres Pitty nicht verhindert hat, berichtete die Zeitung. "Zuerst alle Politiker! Und dann die Ärzte und die Forscher! Die wussten das doch schon seit Jahren und haben nichts getan - nur geredet haben die! Und nun ist mein Pitty tot, und war noch nicht einmal 10 Jahre alt!", wurde Lydia M. zitiert. Hilflos schüttelte Edgar den Kopf und seufzte leise.
"… und gestern Abend bei Stern TV die Gans, die von einem Betrunkenen mit der Kreidler überfahren wurde. Die Obduktion ergab, dass auch sie möglicherweise bereits den Virus …", sagte Edgar gesenkten Kopfes, und wagte nicht auszusprechen, was Günther Jauch berichtet hatte. Gedankenverloren schaute er in seinen schwarzen Kaffeebecher, den der weiße Schriftzug "Mach mal Pause!" zierte. "Wir sind umzingelt, Claudi!", resümierte Edgar und fand nicht den Mut, seine Lebensgefährtin anzublicken. "Erst die Eule, oder was das war, in Rumänien, dann die Taube in England, die Gans in Bayern und jetzt Pitty, in Paderborn … Die Seuche rückt näher, Claudi!" Nun sah er ihr direkt in die Augen. Claudia hielt dem Blick stand und legte den Kopf auf die Seite, abwartend, schien es Edgar. "Man soll jeglichen körperlichen Kontakt zu Vögeln vermeiden", fuhr Edgar fort und rei-

nigte sich dabei einen Fingernagel mit dem Zinken seiner Gabel, ließ es aber sein, als ihm einfiel, wie sehr Claudia das verabscheute. "Und essen - also nur gut durchgebraten oder gekocht, sagen die … Aber das kann uns egal sein. Wir essen sie ja ohnehin nicht!" Nein, Edgar hatte sich von Claudia zum Vegetariertum bekehren lassen, schon bald, nachdem sie bei ihm eingezogen war. Sie hatte, wie bei jedem Frühstück, ihr Schälchen mit Haferflocken und Rosinen vor sich stehen; es war fast leer. "Aber wir müssen vorsichtig sein, Liebes! Ich! Ich muss vorsichtig sein, Claudia! Nimm das jetzt bitte nicht persönlich, du weißt, ich vertraue dir, aber …" Claudia lauschte seinen Worten ohne eine Miene zu verziehen. "Es ist besser wenn, also - wenn wir, nein: dass ich ..." Edgar suchte nach Worten und fand sie. "Ich hab gestern dies gekauft", brachte er schließlich heraus, neigte den Oberkörper zur Seite, griff in die Hosentasche, holte ein Pappschächtelchen heraus und legte es neben seine Tasse auf den Tisch. Claudia blickte auf die kleine schwarze Schachtel. "Safer Sex, weißt du…?" Claudia verstand. Sie sprang auf, lief mit flatternden Flügeln über den Küchentisch und kratzte, aufgeregt gackernd, mit den Krallen am Kondompäckchen.

## Die Mäusekönigin

Zugegeben: Putzig sah sie aus, wie sie aufrecht auf ihren Hinterpfoten hockte, einen Sonnenblumenkern zwischen den Vorderpfoten hielt und daran nagte. Leise, ganz leise und langsam näherte ich mich ihr, in den Händen eine Schaufel voller Erde. Als ich nahe genug bei der Maus war, die sich vor der Garagenwand, nur unzureichend von bodendeckenden Pflanzen getarnt, in Sicherheit wähnte, bedeckte ich sie schnell mit der Erde. Das Häufchen bewegte sich ein wenig, aber bevor sich das Nagetier befreien konnte, schlug ich mit der Schaufel zu. Zwei Mal. Drei Mal. Um sicher zu gehen: vier Mal. Dann nahm ich Erde und Kadaver auf die Schaufel und warf beides in die Mülltonne.

„Warum hast du das gemacht? Was hat dir die Maus getan?", fragte meine Frau vorwurfsvoll und entsetzt, als ich ihr später beim Abendessen in der Küche davon erzählte. Ihr Ton missfiel mir.
„Getan hatte sie mir nichts. Noch nichts. Aber du weißt, wie schnell die Viecher im Haus sind, durch die offene Verandatür. Und dann fängt dein Gejammer an!"
„Ich jammere nicht! Die letzte Maus, die sich hier in die Küche geflüchtet hatte, habe ich mit einer Lebendfalle gefangen und im Wald ausgesetzt, bevor sie größeren Schaden anrichten konnte!", erwiderte sie lauter werdend, und gab drei weitere Löffel Zucker in ihren wie immer ohnehin recht stark gesüßten Tee. Sie gab sich kaum Mühe, ihre Verärgerung zu verbergen. Auch ich wurde lauter. „Das geht nicht immer gut! Irgendwann versteckt sich so ein Biest im Haus, unmittelbar bevor wir verreisen! Und dann hat es zwei Wochen Zeit, alles Mögliche anzuknabbern, zu verderben und zu beschmutzen! Und der alte Döskopp - ", ich deutete mit dem Blick auf unseren altersschwachen Kater, der auf der Küchenbank lag und schlummerte, „ist dann bei deiner Schwester in

Pension. Und selbst wenn er hier wäre - der würde auch nichts mehr ausrichten, halb blind und taub wie er ist!“
„Dann kannst du ihn ja als nächsten erschlagen!“, schrie meine Frau mich an. Sie rief es so laut, dass der nahezu taube Kater davon erwachte und sie anblinzelte. Und auf dem Gehweg vorm Küchenfenster blieb Frau Gesecke stehen und lauschte.

Ein leises aber durchdringendes Fiepen weckte mich. Ich öffnete die Augen. Es war dämmerig in meinem Schlafzimmer. Auf dem hölzernen Fußende meines Bettes, aus meiner Sicht zwischen meinen unbedeckten Füßen, saß eine große, eine fast rattengroße Feldmaus auf den Hinterpfoten. Den Kopf in die Höhe gereckt, die Vorderpfoten wie zu Fäusten geballt, schien sie mir zu drohen, mich herauszufordern. Ihr ungewöhnlich helles, fast weißes Brustfell zierte eine merkwürdige Zeichnung - drei dunkle Zacken auf einer ebenso dunklen Linie. Wie eine tätowierte oder aufgemalte Krone. Ich rieb meine Augen, hob den Kopf vom Kopfkissen: es war keine Maus mehr zu sehen. Meiner ungewöhnlich schweigsamen Gattin erzählte ich später beim Frühstück nichts von dem Traum.

„Verdammt – wo stecken Sie, Mann? Wir sitzen hier seit einer halben Stunde und warten auf Sie!“, so stellte mich mein Vorgesetzter gedämpft aus dem Handy zur Rede. Ich blickte auf meinen Radiowecker, der mich um 6:30 Uhr hätte wecken sollen, damit ich ohne Hetze, aber pünktlich, zu der Besprechung mit dem Firmenvorstand gekommen wäre. Das Anzeigefeld des Weckers war dunkel. Meine auf dem Nachttisch abgelegte Armbanduhr zeigte 8:55 Uhr. Als Entschuldigung nannte ich den defekten Wecker.
Auch Nachttisch-, Decken- und Schreibtischlampe in meinem kombinierten Arbeits- und Schlafzimmer versagten den Dienst. Schnell geduscht, ohne Frühstück, mit schief sitzender Krawatte und schweißfeuchten Hemdachseln setzte ich mich bald darauf den Blicken der wenig zufriedenen Damen und Herren im großen Besprechungszimmer aus.

Am Abend inspizierte ich sofort nach meiner Heimkehr den Sicherungskasten. Irgendetwas hatte die Sicherung für mein Zimmer herausgehauen. Ich legte den Schalter um. Die Lampen in meinem Zimmer gaben wieder Licht, die Leuchtanzeige des Weckers blieb dunkel. Schnell fand ich das durchgenagte Stromkabel.
„Du solltest deine berühmte Lebendfalle aufstellen!" In schroffem Ton begrüßte ich meine Frau, die im Wohnzimmer saß und Fern sah. Ich warf ihr den Wecker, an dem ein kurzes Kabelstück wie ein Mäuseschwänzchen baumelte, in den Schoß. Sie blickte mich wortlos an.

Von einem Zwacken im rechten kleinen Zeh wurde ich wach.
Das Singen erster Vögel drang durch das leicht geöffnete Fenster in mein Schlafzimmer. Ich hörte ein heiseres Pfeifen. Sie war wieder da. Noch bevor ich sie mit dem Fuß wegschleudern konnte, sprang sie auf das Fußende des Bettes. Sie schien mich wieder zu verhöhnen. Kurz nur, dann war sie verschwunden. Sofort schlüpfte ich aus dem Bett, griff einen der beiden Pantoffeln, die neben meinem Bett standen. Ich schaltete die Nachttischlampe an, alle Beleuchtungen schaltete ich an. Sie funktionierten, immerhin. Auf allen Vieren kroch ich auf dem Teppichboden meines Zimmers umher, schaute unters Bett, unter den Nachttisch, in allen Ecken sah ich nach. Nichts. Nicht die Spur von einer Maus, auch nicht von einer ziemlich großen Maus mit einem Herrschersymbol auf der Brustbehaarung.
„Das hast du nur geträumt, das ist ein fixe Idee!", so reagierte meine Frau beim Frühstück. „Dein schlechtes Gewissen plagt dich, weil du neulich das arme Mäuschen erschlagen hast!", feixte sie, und mir schwoll der Hals an.
„Nicht die Bohne schlägt mir das Gewissen! Jederzeit wieder würde ich so ein Ungeziefer totschlagen! Und für das Mistvieh in meinem Zimmer werde ich auch noch sorgen, das beißt mich nicht noch mal in den Fuß!".

Meine Frau lachte. Sie lachte und lachte und rief: „Dass dich das Mäuslein beißt!" Ich war außer mir über ihr Verhalten. Wie einen kleinen dummen Jungen behandelte sie mich.
„Lach du nur!", schrie ich und dachte nicht an das geöffnete Küchenfenster. „Ich erwisch das Mistvieh! Ich bring's um!" Ich schlug mit der Faust auf den Tisch, dass die Teetassen auf den Untersetzern schepperten. Vom hämischen Lachen meiner Frau begleitet, verließ ich türenknallend die Küche. Auf der Diele blieb ich stehen, atmete tief durch und wartete, bis mein Puls sich etwas beruhigt hatte. Dann zog ich mein Jackett an, nahm mein Schlüsselbund vom Schlüsselbrett und steckte es in die Jackentasche. Klimpernd fiel das Schlüsselbund auf den Fliesenboden. Auch das Futter der anderen Jackentasche war zernagt. Die Hosentaschen ebenso.

An dem Feierabend fuhr ich von der Arbeit nicht direkt nach Hause, sondern machte einen Umweg über einen großen Bau- und Gartenmarkt. Dort, in der Gartenabteilung, erstand ich fünf Mausefallen. Richtige Mausefallen, wohlgemerkt. Nicht diese kleinen Drahtkäfige, in denen eine Maus sich selbst einsperrt, wenn sie, angelockt durch ein Stück Käse, einen Kontaktdraht berührt, der die Fallentür zuschnappen lässt. Das war nur etwas für meine Frau. Ich wollte töten – die Riesenmaus, dieses mistige Ungeziefer, das mich nächtens heimsuchte. Und weil sie fast so groß wie eine Ratte war, erstand ich sicherheitshalber zu den Mausefallen noch eine Rattenfalle, eine Schlagfalle von bedrohlichem Ausmaß und beängstigender Kraft in der Schlagfeder.
„Du bist verrückt!", befand meine Frau als ich mit dem Einkauf nach Hause kam. „Ich hab die Lebendfalle, die kannst du doch in deinem Zimmer aufstellen! Irgendwann geht die Maus da hinein, wenn es sie wirklich gibt, deine Mäusekönigin!" Sie glaubte mir nicht, vermutlich zweifelte sie sogar an meinem Verstand. „Ich bring sie sogar weg, wenn sie gefangen ist, du musst dich nicht darum kümmern!", bot sie mir an.

„Nein! Ich lasse mich nicht von einer dämlichen Maus zum Narren halten! Sieh dir das an!“, forderte ich sie auf und wendete meine Jacken und Hosentaschen nach außen.
„Herrje, du glaubst doch nicht, dass die Löcher von einer Maus stammen? Seit Ewigkeiten schon bitte ich dich, nicht alles Mögliche in deinen Jacken- und Hosentaschen aufzubewahren! Was habe ich nicht schon alles herausgeholt, bevor ich sie in die Waschmaschine oder zur Reinigung gab! Schrauben, Nägel, Taschenmesser! Irgendwann rafft das auch den besten Stoff dahin!“ Sie hatte sich in eine Erregung hineingesteigert. Sie hatte sich im Ton vergriffen, wieder mal. Und wieder wegen dieser Maus.
„Ich bringe sie um! Ich zerquetsche sie!“, erklärte ich meiner Frau laut und unmissverständlich, jedes Wort dadurch unterstreichend, dass ich ihr mit dem Zeigefinger aufs Brustbein tippte.
„Du bist verrückt! Du spinnst ja total!“, schrie sie mich an und verließ die Küche. Laut knallte die Tür hinter ihr zu. So laut, dass Frau Gesecke erschrocken zusammenfuhr.

Im ganzen Haus verteilte ich die Fallen. In der Küche, im Wohnzimmer, in der Diele, im Bad und natürlich in meinem Zimmer. Nur kurz erwog ich, an der Tür zum Zimmer meiner Frau zu klopfen und anzubieten, auch in ihrer Kammer eine Mausefalle zu installieren. Schnell verwarf ich den Gedanken. Sollte sie doch ihre Pazifistenfalle aufstellen, wenn der Plagegeist ihr die ersten Kleidungsstücke im Schrank ruiniert hatte.
Mit unterschiedlichen Ködern bestückte ich die Fallen - mit streng riechendem Blauschimmelkäse, mit geräuchertem Schinken und mit blutigem Hackfleisch.
Gut schlief ich in der folgenden Nacht, sehr gut. Ich schlief so gut wie seit Tagen nicht mehr. Kein Nagetier suchte mich im Traum heim oder biss mich in die Zehen. Sofort nachdem ich mein Bett verlassen hatte, kontrollierte ich die Falle, die ich unter meinem Kleiderschrank aufgestellt hatte. Vorsichtig zog ich sie hervor - sie war noch gespannt, aber der Köder war nicht mehr darin. Mistvieh, geschicktes! Ein gleiches Bild bot sich mir in den

anderen Räumen des Hauses - alle Fallen waren noch gespannt, alle Köder waren herausgefressen. Ich war außer mir vor Wut! Dermaßen erregt war ich, dass ich mit dem nackten Fuß nach der im Bad neben der Dusche stehenden leeren Rattenfalle trat. Dass diese daraufhin zuklappte und mir drei Zehen aufs Schmerzhafteste quetschte, war Brennspiritus in das Feuer meines Zorns. Es loderte noch, als ich wenig später die Küche betrat, in der ich meine Frau beim Teetrinken und den faulen alten Kater beim Kittekat-Fressen vorfand. „Das ist natürlich kein Wunder, dass in unserem Hause die Mäuse tanzen, wenn der faule Kater mit Dosenfutter gemästet wird! Warum sollte er sich auch anstrengen, wenn du - “, mein ausgestreckter Zeigefinger berührte beinahe die Nase meiner Frau, „ihn leben lässt wie im Schlaraffenland? Aber damit ist jetzt Schluss!“ Ich schnappte dem Kater den halbvollen Napf unter dem Schnurrbart weg und kippte den Inhalt in den Mülleimer. „Fang dir Mäuse, wenn du Hunger hast! Es gibt genug davon im Haus!“ Mit diesem Rat und einem Fußtritt, dem der alte Kater aber erstaunlich wendig auswich, beendete ich meine Ansprache.
„Du bist sowas von mies und erbärmlich, du merkst nicht einmal, in was du dich da verrannt hast!“, sagte meine Frau kopfschüttelnd und leise. Daran, dass sie drei weitere Löffel Zucker in ihren bestimmt schon recht süßen Tee gab, merkte ich, dass ich sie getroffen hatte. Es störte mich nicht, ich bedauerte nichts. Während sie ihre Teetasse mit großen Schlucken leerte um dann den erschrockenen Kater zu suchen, fragte ich mich erstmals, ob sie wirklich die richtige Frau für mich war. Hatte sie mir nicht vorm Altar geschworen, mir beizustehen, in guten wie in schlechten Zeiten? War das keine schlechte Zeit, die ich momentan durchlebte? Und was, außer ihrer Lebendfalle, hatte sie mir als Hilfe in dieser schlechten Zeit geboten? Nichts, rein gar nichts.
Ich werde einen Rechtsanwalt aufsuchen, nahm ich mir vor.

Der Wagen sprang nicht an. Nichts rührte sich. Das Gebläse schwieg, das Radio ebenso, Instrumenten- und Innenbeleuch-

tung blieben dunkel. Nicht einmal ein klackendes Geräusch ertönte, wenn ich den Zündschlüssel in die Startstellung drehte.
Ich ahnte. Ich ahnte es, als ich die Motorhaube öffnete. Meine Ahnung wurde bestätigt, als ich bei weit geöffneter Haube in den Motorraum blickte. Da war kein Kabel, war kein Schlauch ohne Bissspur. Völlig durchgebissen, viele. Aus einigen durchtrennten Schläuchen tropften Flüssigkeiten heraus, blanke Kabelenden dokumentierten blinde Zerstörungswut. Nein – das war keine blinde Wut gewesen, das war geplant, das war Vorsatz, war ich mir sicher. Das war eine Kriegserklärung.
Ich nahm sie an.

Das Wetter war gut und meine Arbeitsstelle liegt nur drei Kilometer entfernt. Kurz entschlossen fuhr ich mit dem Fahrrad zur Arbeit und kam sogar pünktlich an. Zudem hatte die Bewegung am Morgen gut getan. Mein Zorn war eiskaltem, berechnendem, strategischem Denken gewichen. Das Mistvieh und seine potentiellen Helfer hatten mir mit ihrem jüngsten Attentat einen guten Dienst erwiesen und ihr eigenes, unwiderrufliches Todesurteil ausgesprochen. Nachdem ich vom Büro aus eine Autowerkstatt telefonisch mit Abholung und Reparatur des Autos beauftragt hatte, überlegte ich mir meinen nächsten und letzten Schritt im Kampf gegen das Ungeziefer.
„Rattengift?“ Frau Köbler, eine Nachbarin, die nur wenige Häuser von unserem entfernt wohnt, sah mich über den Rand ihrer randlosen Brille hinweg an. Ich hatte Feierabend, sie musste noch im „Samenhaus Köbler“ bedienen. „Ich habe in unserer Gegend noch nie Ratten gesehen!“, fuhr sie fort. „Sie wollen doch wohl nicht ihrer Frau ...!“, scherzte sie böse und drohte mir spielerisch mit dem Finger.
„Nein, natürlich nicht!“, ging ich lachend auf ihren makabren Scherz ein. „Fragen Sie mich nicht, wie wir eine Ratte ins Haus bekommen haben. Vermutlich hat unser alter Kater eine gefangen und sie ins Haus geschleppt, durch ein geöffnetes Fenster.

Und dann ist sie ihm wohl entwischt, bevor er sie töten konnte!"
Die Köbler musste die Wahrheit nicht wissen.
„Ja, so etwas passiert, unser Mohrle hat uns auch schon einiges Getier ins Haus gebracht, tot und lebendig!", sagte Frau Köbler und öffnete die Glastür eines kleinen Schrankes.
„Aber gleich Gift? Haben sie es schon mit einer Falle versucht?", fragte sie.
„Ja, habe ich. Und dann hat unser Kater mit der Falle gespielt und sich die Pfote verletzt. Und nun besteht meine Frau darauf, dass ich Gift einsetze. Mir ist das nicht recht, aber meine Frau hat panische Angst vor Ratten!", log ich ohne Hemmungen.
„Und das mit Recht!", erklärte Frau Köbler und legte einen kleinen Umkarton vor mich auf den Verkaufstresen.
„Das wirkt schnell und zuverlässig. Kleine, hochgiftige weiße Körnchen, die einen für Ratten unwiderstehlichen Duftstoff absondern", erklärte meine Nachbarin. „Und Ihren Personalausweis brauche ich, das ist Vorschrift!"

Meine Gattin hatte sich in ihrem Zimmer eingeschlossen. Nun gut, das bekräftigte meinen am Vortag gefassten Entschluss, die Auflösung unserer Ehe anzustreben. Zunächst wollte ich aber die entscheidende Schlacht gegen meine andere Widersacherin führen, um mich dann auf den Scheidungskrieg konzentrieren zu können.
Das kleine braune Glasfläschchen, das nicht mehr als drei Fingerhut voll weißen Pulvers enthielt, war kindersicher verschlossen. Das Öffnen der Kindersicherung trieb mir den Schweiß auf die Stirn. Wenn das Gift so verlockend auf Ratten wirkt wie von der Fachverkäuferin angepriesen, sollte ein einziges Portiönchen reichen, überlegte ich. Am besten ausgelegt in meinem Zimmer, in dem ich trotz erfolgloser Suche das Hauptversteck der Kronenträgerin vermutete. So machte ich es dann auch - nur eine erbsengroße Menge ausgestreut auf einer Untertasse, die ich unter meinen Kleiderschrank stellte. Dorthin, wo die Maus auch die

Falle gefunden und leer gefressen hatte. Sollte sie auch die Untertasse leer fressen!

Eincs cigenartigen Traumes erinnerte ich mich nach dem Weckerklingeln: Sie war mir wieder erschienen. Wie hinter Glas hatte ich sie gesehen, wie hinter dickem, milchigem Glas. Trotzdem konnte ich erkennen, dass sie mich verhöhnte. Sie schien sich mit den Vorderpfoten auf die kronengeschmückte Brust zu schlagen. Die Untertasse war leer.

Am späten Vormittag klingelte mein Diensttelefon. Meine Frau. Seit dem Streit am Morgen des Vortages hatte ich sie nicht mehr gesehen.
„Mir ist übel!“, sagte sie leise.
„Und? Was soll ich dagegen tun?“, erwiderte ich bewusst schroff und abweisend. „Leg dich hin, oder iss etwas. Vermutlich hast du wieder nichts gefrühstückt, aber schon eine halbe Packung Zigaretten geraucht, wie du es gerne tust!“, bohrte ich.
„Nein, gefrühstückt habe ich nichts, nur ein paar Tassen Tee ... Das ist nicht der Kreislauf, das ist etwas Anderes. Mir ist hundeelend, ich habe Magenkrämpfe, ich schwitze, obwohl mir eiskalt ist, und ich kann nicht richtig sehen ...“ Ihre Stimme wurde leiser, ich hörte sie schwer schlucken.
„Jetzt verfolgst du mich auch schon auf der Arbeit mit deinem Gejammer!“, seufzte ich und fügte hinzu: „Mit dir bin ich schon gestraft …!“
„Bitte, kannst du einen Arzt rufen, ich kann die Nummern im Telefonbuch nicht lesen, es dreht sich alles ...“, bat sie mich mit kaum noch hörbarer Stimme.
„Denkst du eigentlich, ich hätte hier nichts zu tun?“, fragte ich vorwurfsvoll, um dann das Gespräch mit einem gönnerhaften: „Na gut, ich rufe den Notarzt an. Leg dich so lange hin, bis er kommt!“ zu beenden.

„Die Sanitäter haben das Küchenfenster eingeschlagen, nachdem ihnen niemand auf ihr Klingeln geöffnet hatte, und sie ihre Frau durchs Fenster auf dem Fußboden liegen sahen. Es weist alles auf eine Vergiftung hin, sagt der Notarzt. Endgültig werden wir das aber erst nach der Obduktion wissen!"
Oft hatte ich es im „Tatort" gesehen, dass der Kommissar, im Zimmer auf und ab gehend, den nervösen Verdächtigen befragt. Ich blieb ruhig und gelassen.
„Wie soll sie sich vergiftet haben? Wir haben kaum Tabletten oder Medikamente im Haus. Nur leichte Schmerztabletten, Kohletabletten, was man so in der Hausapotheke braucht!"
„Und Gift? Sie haben viele Blumen, und Blumen kriegen Blattläuse ...", stellte der Kriminalbeamte fest und streichelte ein Blatt unseres Gummibaumes.
„Nein, meine Frau ist ... sie war gegen chemische Keulen. Blattläuse hat sie mit selbst angesetztem Brennnesselsud vertrieben. Das stank abscheulich ..." Ich schüttelte mich im Gedanken an den üblen Geruch.

Am nächsten Tag besuchte mich der Kommissar erneut. Ich hatte den Tag frei genommen, um die Bestattung vorzubereiten. Er kam nicht alleine, zwei uniformierte Beamte begleiteten ihn.
„Sie hatten häufig Streit mit ihrer Gattin in letzter Zeit!", eröffnete er seine Befragung. Die alte Gesecke, natürlich. Ich wiegelte ab.
„Streit war das nicht. Nur eine Meinungsverschiedenheit. Wegen einer Maus!" Der Kommissar blickte seine Kollegen an, und die blickten verwundert zurück.
„Und wegen der Maus haben sie auch das Rattengift gekauft?"
Er war gut informiert. Trotzdem blieb ich ruhig. Ich hatte nicht gelogen, nichts erfunden. Ich erzählte den dreien von der riesigen Maus, die mich seit einigen Tagen heimsucht. Von ihren Anschlägen auf meinen Wecker, meine Kleidung, mein Auto und meine Ehe. Und dass es eine besondere Maus sei, erklärte ich.
„Sie ist eine Königin, müssen Sie wissen! Sie trägt eine Krone, hier auf der Brust!", flüsterte ich und zeichnete mit dem Finger

eine dreizackige Krone auf meine Hemdenbrust. „Sie ist gerissen, aber mir ist sie nicht gewachsen! Ich habe sie vergiftet, mit dem Rattengift, jawohl! Und seitdem ist Ruhe!"
„Zeigen Sie uns doch bitte mal das Rattengift!", bat der Kommissar. Ich führte die Polizisten zu jenem Schränkchen in der Diele, in der alles Mögliche aufbewahrt wird: Schuhcreme, Ersatzglühbirnen, Werkzeug, Schrauben und Nägel. Ich zog die Schublade heraus, in der ich das Giftfläschchen zwischen einer Schuhbürste und der Taschenlampe verstaut hatte. Dort klaffte eine kleine Lücke. „Das war **s i e** ! Sie lebt noch! Die Maus war das! Sie hat meine Frau auf dem Gewissen! Stellen Sie das Haus auf den Kopf, Herr Trimmel! Räuchern Sie es aus! Brennen Sie es ab! Sie darf nicht entkommen, sie ist gerissen und gefährlich, die Mäusekönigin!"

Das Zimmer ist nur sehr klein. Wenn ich mich flach auf den Boden lege, berühren meine Füße die Tür, und mein Kopf liegt unter der schmalen Pritsche, die seit Wochen mein Bett ist. Ein kleiner Tisch, das Klo hinter einem Vorhang - das ist mein ganzes Mobiliar. Und noch der Stuhl, auf dem ich sitze, den ganzen Tag sitze, vom Wecken bis es dunkel wird. Ich sehe ihr zu. Sie steht draußen vor dem kleinen Milchglasfenster, dort oben. Und sie tanzt. Und sie feixt. Sie verhöhnt mich. Stunde um Stunde. Tag um Tag. Manchmal presst sie ihre Brust an das Glas, so dass ich die Zacken der dunklen Krone auf ihrer hellen Brust erkennen kann. Sie ist gerissen, oh ja! Wenn der Wärter kommt und mein Essen bringt, versteckt sie sich! Oder wenn der Kommissar kommt, oder der Arzt mit der Spritze. Sie versteckt sich. Sind die Besucher weg, taucht sie wieder auf. Und verspottet mich.
Was habe ich dir getan, du Mistvieh? Was habe ich dir nur getan, du Ungeziefer?

## Die Müllanfuhr kommt!

Ich trug noch Pyjama, war unrasiert und ungeduscht, als es an der Haustür klingelte. Durch den kleinen Spalt, um den ich die Tür zunächst „Ja, bitte?" fragend öffnete, sah ich einen kräftigen Mann in orangefarbener Arbeitskleidung.
„Die Müllanfuhr ist da!", singsangte er freundlich, und weit öffnete ich die Tür.
„Sie kommen doch sonst immer montags, alle zwei Wochen montags, und heute ist …"
„Dienstag. Heute ist Dienstag!", half mir der freundliche Angestellte des Öffentlichen Dienstes und lächelte. Fast schien es mir, als verbeugte er sich leicht. „Montags kommt die Müll**ab**fuhr! Wir sind die Müll**an**fuhr!", verkündete er stolz und betonte die zweite Silbe jenes Wortes, das seine Tätigkeit beschrieb. Er wies mit der Hand auf den großen LKW vor meinem Haus, der orangefarben lackiert war und genauso aussah wie jene LKW, die mich jahrelang vierzehntägig jeden Montag aus dem Schlaf gerissen hatten. Zwei ebenfalls apfelsinenfarben uniformierte Kollegen sah ich im Führerhaus des Nutzfahrzeuges sitzen.
„Ich versteh nicht …", sagte ich und legte eine fragende Miene auf.
„Müllanfuhr. Müllverhinderung. Schließung aller Deponien und Müllverbrennungsanlagen. Schluss mit dem Mülltransport ins Ausland. Die Müll-Lotterie. Die Bürger sind jetzt ganz und gar allein für die Beseitigung des Mülls zuständig! Sehen Sie nicht fern? Hören Sie kein Radio? Lesen Sie keine Zeitungen?"
Dreimal nein.
Der Orangenmann seufzte. „Also, es geht so: Wir sammeln den Müll ein, wie bisher, ja?"
Das verstand ich.
„Wenn unser Wagen voll ist", wieder deutete er auf sein riesiges Dienstfahrzeug, „losen wir unter den Adressen unseres Bezirkes eine aus, an die wir den Müll liefern. Und diese Adresse, also in diesem Fall Sie, muss dann sehen, wo sie mit dem Müll bleibt!"

„Bitte?“ Ich erschrak mich selbst vor meiner ungewohnt lauten und heftigen Stimme.
„Tut mir Leid“, sagte der brave Müllmann und hob hilflos die Schultern. „Das hat unsere Regierung so beschlossen, vor wenigen Wochen!“
„Aber … aber … Was … Wohin …“ Zu meinem Erstaunen stellte ich fest, dass ich stotterte wie ein kleines Kind, das bei schlimmem Tun ertappt wurde. Der Mann vom Müllbringdienst schien dieses Verhalten zu kennen.
„Manche verbrennen es portionsweise im Garten, nachts natürlich, damit's keiner merkt, weil's ja verboten ist. Andere schicken es in vielen kleinen und größeren Päckchen und Paketen anonym an Menschen, die sie nicht leiden können. Das dauert natürlich lange, so was. Andere, die einen großen Garten, ein großes Grundstück haben, so wie Sie, vergraben es darin, oder machen einen schönen Hügel daraus und bedecken den mit ein paar Kubikmetern Mutterboden!“
Auf Anhieb fielen mir etwa zwei Dutzend Menschen ein, denen ich gerne einige große Pakete voller Abfall geschickt hätte. Aber der Inhalt des fahrbaren Müllcontainers würde vermutlich einige hundert, wenn nicht gar tausend Pakete füllen. „Was das alleine an Porto kosten würde …“, ging es mir durch den Kopf. Aber in den Garten …? Ich dachte an meinen großen, leidenschaftlich gepflegten Rasen, dessen grandioses Grün nicht ein einziges Blümchen oder Unkraut verunzierte. Maulwürfe hatte ich gnadenlos und unter Einsatz aller erlaubten und unerlaubten Mittel schon vor Jahren für immer aus meinem Garten vertrieben. Eingefasst war der Rasen von schmalen Blumenbeeten, deren Boden ich mehrmals wöchentlich harkte und von vertrocknetem Laub und anderem Naturmüll befreite. Und da hinein, mitten in mein Paradies hinein einen Hügel aus Müll? Nein – auf gar keinen Fall!
„Also, Meister – wo sollen wir's hinkippen?“, drängelte der Mann nun, „wir müssen noch das Heideviertel abklappern und dann noch einen weiteren Glücklichen ermitteln! Ach – übrigens:

Nachdem Sie ausgelost wurden, sind Sie für ein Jahr aus der Lostrommel raus, wissen Sie?"
Das war enorm beruhigend.
„Also, wohin jetzt?"
Während ich krampfhaft überlegte, blickte ich am Müllmann vorbei, direkt in den Vorgarten meines Nachbarn. Dann hatte ich eine Idee. „Sagen Sie, haben Sie eine Witwen- und Waisenkasse oder so etwas?"
„Bitte?" Jetzt war er der Verwirrte.
„Na ja, ich meine – Sie haben einen gefährlichen Beruf! Da passiert bestimmt häufig etwas! Die Rentenkassen sind leer, die betriebliche Versorgung wird immer weiter zurückgefahren, davon habe sogar ich gehört! Na, und ich dachte, ich würde Ihre Arbeit und Ihr Entgegenkommen gerne mit einer Spende honorieren, mit einer Spende für Ihre Witwen- und Waisenkasse, zum Beispiel!" Während des Erklärens hatte ich mein Portemonnaie aus der Innentasche meines Sakkos, das im Flur neben der Haustür an einem Garderobenhaken hing, herausgeholt, und ihm eine 50-Euro-Note entnommen. Die hielt ich dem Manne entgegen. Der sah mich irritiert an, steckte den Geldschein dann aber in die Hosentasche, nachdem er mit einem Blick festgestellt hatte, dass seine Kollegen nicht zu uns hersahen.
„Von was für einem Entgegenkommen sprachen Sie?", fragte er nun, ein wenig misstrauisch.
Ich räusperte mich. „Mein Nachbar, Gregor …" Genau genommen war es mein Nachbar ‚Herr Rabner', so wie dessen Gattin Ursula seit dem letzten, ultimativen Nachbarschaftsstreit, der vor vier Wochen seinen vorläufigen Höhepunkt gefunden hatte, nun wieder ‚Frau Rabner' für mich war.
„Gregor und Uschi", ich wies auf das Haus der Rabners, wobei dem Müllmann nicht entgehen konnte, dass die weit ausladenden Äste der stattlichen Edeltanne, die unweit der Grenze zu meinem Grundstück wuchs, auf meiner Seite oberhalb des Grenzverlaufs akkurat und rigoros beschnitten waren – warum sollte ich ständig die hässlichen vertrockneten Tannennadeln aus meinem Beet

harken -, „die würden den Müll gerne annehmen, ja – das würden die!“, sagte ich überzeugt.
„Wie kommen Sie denn darauf? Das wären die Ersten!“
„Sie müssen wissen, die beiden sind …“ Ich deutete dem Manne an, mir sein Ohr für eine vertrauliche Mitteilung zu schenken. „Das sind Grüne, wissen Sie? Ökopaxe! Sonnenkollektoren auf dem Dach, und in der Garage einen Rapsdieselgolf, mit dem sie aber nur fahren, wenn ihr Fahrrad einen Plattfuß hat und sie in Eile sind …!“
Das wirkte.
„Grüne?“ Er versicherte sich mit einem Gesichtsausdruck, als hätte ich von Kinderschändern oder eitrigen Geschwüren gesprochen, dessen, was er zu hören geglaubt hatte.
„Ja, Grüne!“, bestätigte ich. „Die ernähren sich von Tofu und Grünkernsuppe. Die essen keine Currywurst!“
„Keine Currywurst?“ Blankes, entsetztes Erstaunen.
„Nein, keine Currywurst. Und zu Neujahr stoßen die mit Karottensaft aus dem Reformhaus an!“ Der Müllwerker bemühte sich nun nicht mehr, seine Gefühle zu verbergen. Dennoch fuhr ich fort: „Sie sind gerade zu einem Alternativurlaub auf Mallorca. Fern der Touristenzentren durchwandern sie die Insel und schlafen im Zelt. Außerdem: Die produzieren kaum Müll, kaufen ständig verpackungsfrei ein!“ Der Müllmann knurrte leise. Oder knirschte er mit den Zähnen?
„Bei uns sollen jetzt auch Stellen abgebaut werden. Weil die Leute immer weniger Müll produzieren, seit die Grünen mit ihren Ideen …“
„Wem sagen Sie das?“, unterbrach ich ihn konspirativ und erklärte dann: „Aber vor ihrem Urlaub, gerade vor fünf oder sechs Tagen, haben Gregor und Uschi mir erzählt, dass sie ihren großen Gartenteich, da vorne, neben der Hofauffahrt …“ Der Müllwerker folgte mit dem Blick der Richtung, die mein Zeigefinger wies, „dass sie den zuschütten wollen, weil er unecht sei, künstlich, steril, kein echtes Biotop. Goldfische und Koi, das seien keine Schöpfungen der Natur, das seien die Ergebnisse von Laborspielereien der Menschen! Viel lieber hätten sie dort einen kleinen Hügel, eine

Erdanhebung, die sie mit Bärenfellgras, mit Blauschwingel und anderen heimischen Gewächsen …"
„Brennnesseln und Löwenzahn, stimmt's?" Nun war er es, der mich unterbrach - und wie! Laut, polternd, wissend! „Solche Typen kenne ich!", platzte es aus ihm heraus, und einen Moment befürchtete ich, er würde auf meine gefliesten und stets sauberen Treppenstufen spucken. Doch dann fasste er sich. „ Gut! Wir helfen, wo wir können! Gregor und Uschi sollen den Unterbau für ihre heimatliche Botanik kriegen!" Er tippte grüßend mit zwei ausgestreckten Fingern an die Schläfe und wandte sich zum Gehen, verharrte dann aber kurz, griff in die Hosentasche und gab mir die 50-Euro-Note zurück. „Danke", sagte er, „aber das kann ich nicht annehmen!"

Das ist jetzt knapp zwei Wochen her. Übermorgen kommen Uschi und Gre … Herr und Frau Rabner zurück aus ihrem Urlaub, und das ist gut so. Die Nachbarschaft leidet doch sehr unter dem Gestank, der von Rabners Vorgarten ausgeht. Es wird Zeit, dass die beiden Gras darüber wachsen lassen.

## Ein Festmahl für Hitler

Auf Marut war Verlass. Wann immer ich den letzten Schluck Raki oder Efes getrunken hatte, eilte er herbei, ohne dass meine Augen die seinen suchen, ich einen Finger heben oder gar nach ihm rufen musste. Wortlos sorgte der kleine dunkelhäutige Türke, in dessen Land ich zu Gast war, dafür, dass ich nicht austrocknete.

Seit zwei Stunden saß ich schon dort, vielleicht auch länger. Als ich den Platz auf der Terrasse des Strandrestaurants eingenommen hatte, saß ich noch im Schatten, den ein barmherziges Sonnensegel spendete. Mittlerweile war die Sonne ein gutes Stück ihres Weges gegangen und heizte mir gewaltig ein. Mein Hemd war schweißgetränkt, das war mir egal.
Vor mir auf dem Tisch lag auf weißem Teller ein großes, gegrilltes Steak, das ich mir als Mittagessen bestellt hatte. Es war unberührt, längst kalt, nicht ein Stückchen davon hatte ich gegessen. Ich hatte nur getrunken - und ich begann, das zu spüren.
Es waren keine weiteren Hotelgäste mehr im „Sandals“, wie dieses Restaurant des All-Inclusive-Hotels hieß, in dem ich vor drei Tagen – anders, als zunächst geplant, nämlich alleine - abgestiegen war. Bald würde das Restaurant den Mittagsbetrieb einstellen, die Putzfrauen würden den Holzboden fegen und die Tische säubern, und Marut und seine Kollegen würden die Tische für den Abend eindecken.
Und ich saß da, trank Raki um Raki und Bier um Bier, wie auch schon an den beiden Tagen zuvor, und kriegte das Bild nicht aus dem Kopf, das sich mir geboten hatte, als ich an jenem Donnerstag, knapp eine Woche vor dem Abflug, früher als geplant von der Arbeit heim kam und Sonja nackt im Wohnzimmer auf dem Teppich kniend vorfand. Da lag auch ein Mann rücklings auf dem Teppich, ebenfalls unbekleidet. Sein Gesicht konnte ich nicht sehen. Sonja hockte darauf.

Soeben hatte Marut mir ein weiteres türkisches Herrengedeck gebracht. „Bald Schluss, Chef!“, sagte er und sah mich, wie mir schien, ein wenig mitleidig an.
„Ja, Marut - bald Schluss!“, antwortete ich, merkte, das meine Zunge schwer zu dirigieren war und prostete dem Kellner mit dem Raki zu. „Bald Schluss“, murmelte ich in das Glas hinein.
Ich spürte etwas am Bein. Ich schaute nach unten und erblickte Hitler.

Ich mag Katzen, war immer fasziniert von ihrem stoischen Gleichmut, ihrem selbstvergessenen Sein, war schon oft ihren scheinbar leeren Blicken erlegen, die gleichsam alles Wissen der Welt und noch viel mehr in die Unendlichkeit senden oder von dort empfangen, in der Überzeugung, dass sie all die darin enthaltene Weisheit für ihr Wohlempfinden nicht benötigen – alles, was sie dafür brauchen, sind jede Menge Schlaf und ein paar Mäuse.
Katzen waren für mich immer die schönsten Tiere der Schöpfung. Und das hässlichste dieser schönen Wesen hockte in einem türkischen Freilufthotelrestaurant zu meinen Füßen, und sah mich aus eiskalten, eitergelben Augen mit winzigen schwarzen Pupillen an.
Überwiegend schmutzig-weiß das Fell, mit einigen wenigen schwarzen Flecken darin. Einer davon überzog den Schädel der Katze und wurde auf der rechten Kopfhälfte geradlinig von einem feinen weißen Streifen gescheitelt. Ein weiterer, kleiner dunkler Fleck auf der Kinnspitze erinnerte im Zusammenhang mit der Katzenfrisur sehr an den widerlichsten Schnauzbart der Weltgeschichte.
Nicht genug damit, begann Hitler zu sprechen. Und die Katze sah nicht nur aus wie der GröFaZ - sie sprach auch so. „Ihr Essen – schmeckt es Ihnen nicht?“ Ich schüttelte heftig den Kopf, rieb mir Augen und Nacken, ließ den Kopf auf den Schultern kreisen, trank mit einem Schluck den süßen Anisschnaps aus und blickte wieder zu Boden. Hitler saß immer noch da. Er war keine Ausgeburt meiner Trunkenheit.

Er seufzte und begann zu erklären. „Ich bin dazu verdammt, immer und immer wieder aufzuerstehen und immer und immer wieder als Hotelkatze in wechselnden Orten und Ländern dahin zu vegetieren - bis mich ein tunesischer Hotelboy packt und mir den Hals umdreht, mich thailändische Rotzlöffel in einer entlegenen Ecke hinterm Hotel steinigen, mich streunende, verlauste Strandhunde in Zypern zerreißen und auffressen, verrohte halbwüchsige Niederländer mir einen Schlauch in den After stecken und mich mit Wasser voll pumpen, bis mir …“ Er stockte, atmete schwer. Fast weinerlich fuhr er fort: „Ich wäre lieber tot - richtig tot, für immer und ewig, glauben Sie mir! Mein letzter Tod war die Hölle – in einem Strandhotel in Tel Aviv wurde ich von betrunkenen russischen Touristen mit Grillanzünderflüssigkeit besprüht und entflammt! Sagen Sie mir – womit habe ich das verdient?“

Die letzte Frage schien mir eine rhetorische zu sein, darum antwortete ich nicht. Er fasste sich wieder. „Also – was ist nun mit dem Essen?“, fragte er fordernd.
„Es ist Fleisch“, sagte ich, „Sie … Sie sind … Sie waren Vegetarier!“
„Nur bedingt. Außerdem war das eine andere Zeit. Die Umstände haben sich geändert. Ich muss fressen, was ich kriege. In Tel Aviv habe ich sogar, kurz bevor ich den Feuertod starb …,“, es fiel ihm sichtlich schwer, weiter zu sprechen, „… *Gefilte Fisch* gegessen - denken Sie sich nur!“
Ich versuchte, nicht zu denken. Mit unsicherer Hand führte ich das Messer, schnitt ein Stückchen des Steaks ab und warf es der Reinkarnation des Bösen vor die schwarzen Vorderpfoten. Gierig schluckte der Kater, ohne zu kauen, blickte Nachschub heischend zu mir auf. Ich gab es ihm. Stück für Stück schnitt ich vom Steak ab und fütterte ihn.
Kaum hatte ich den letzten Happen zu Boden fallen lassen, sah ich eine andere Katze auf meinen Tisch zu humpeln, die noch hässlicher war als jene, die laut schmatzend neben meinem Tisch ihr Festmahl verspeiste. Klein, mickrig, anthrazitfarben und

rattengesichtig, die rechte Vordertatze saß ihr wie ein Klumpen an der verkümmerten Pfote. Es wunderte mich nicht, dass auch diese Katze sprach. Es wunderte mich nicht, wie sie sprach, als sie bei dem Schlemmenden angekommen war. Es wunderte mich nicht, dass er es war.
„Mein Führer! Mein Führer!"
Hitler brauste auf. „Wie können Sie es wagen, mich bei dem besten Essen zu stören, das ich seit meinem letzten Aufenthalt auf dem Kehlstein zu mir nehme!?"
„Aber mein Führer – Sie sind in großer Gefahr! Wir sind in großer Gefahr! Einer der Hotelgärtner – ich habe ihn erkannt! Es ist …"
„Schweigen Sie endlich still und lassen Sie mich mein Mahl genießen", herrschte der vierbeinige Führer seinen dreieinhalbbeinigen Propagandaminister an, woraufhin der - wie ein geprügelter Schäferhund - seinen Schwanz zwischen die Hinterpfoten klemmte und einige hinkende Schritte auf Distanz ging.

Mir reichte es. Ich erhob mich, trank im Stehen mein Bier aus, warf einen letzten Blick auf Hitler, der seine Mahlzeit fast beendet hatte und Fleischkrümel und Grillsoßentropfen vom Fußboden leckte.
Ich trat aus dem wandlosen Restaurant hinaus auf den Rasen und wollte hinunter zum Strand, um mich unter einen Sonnenschirm zu legen und zu versuchen, auch dieses Bild aus dem Kopf zu bekommen. Ich drehte mich noch einmal um, zu sehen, ob die Nazi-Katzen wirklich da waren, oder ob es vielleicht doch nur böse Gaukeleien meines vernebelten Hirns waren.
Sie waren da. Hitler sprang vom erhöhten Holzboden des Restaurants auf den Rasen. Goebbels folgte ihm. Ich hörte ihn rufen: „Der Gärtner - mein Führer! Sehen Sie doch den Gärtner!"
Hitler sah zur Seite und erblickte ihn im selben Moment wie ich. Neben einem buschigen Oleander, einen Spaten in der Hand, und nur gut eine Spatenstiellänge von den Katzen entfernt, stand ein großer, dicker, alter Mann mit spärlichem Haar und teigigem

Gesicht, eine Zigarre im Mund. „Das ist doch dieser verdammte britische …“, belferte Hitler los, weiter kam er nicht.
Erstaunlich schnell für seine massige Gestalt holte der Gärtner mit seinem Spaten aus und schlug auf Hitler ein. Immer und immer wieder. Der erste Schlag hatte ihn wohl schon gelähmt und halb betäubt, dennoch fauchte und keifte Katzenadolf weiter, bis sein Fell riss und sein Schädel platzte, und Hirn, Blut und Gedärme über den Rasen spritzten. Fassungslos - oder aus bedingungsloser Loyalität? - sah Goebbels zu, wie sein Gott auf einem türkischen Hotelrasen verreckte, jammerte ein letztes Mal „Mein Führer! Mein Führer!“, bevor der offensichtlich ebenfalls wiederauferstandene britische Premierminister ihm mit einem einzigen Spatenkantenhieb den Rattenkopf vom Leib trennte, und der Hinkekater in einem gewaltigen Blutstrahl sein Leben vergoss.

Ich beugte mich leicht vor und kotzte mir auf die Füße. Der Gärtner signalisierte mir mit gespreiztem Zeige- und Mittelfinger seinen Sieg und marschierte, den Spaten über die Schulter, die britische Nationalhymne pfeifend, davon. Gleichzeitig war Marut herbeigeeilt, hielt mich, stütze mich, redete mir gut zu und wischte mit einem Tuch Flecken von meinem Hemd. Ja - auf Marut war Verlass.

## Girls go crazy ‘bout a sharp dressed man

*Clean shirt, new shoes*
*and I don't know where I am goin' to.*
*Silk suit, black tie,*
*I don't need a reason why.*
*They come runnin' just as fast as they can -*
*girls go crazy 'bout a sharp dressed man.*

(ZZ Top)

In des Städtchens alten Kirchleins letzter Bank saß ein sehr kleiner, ärmlich gekleideter Mann und betete, dass sich die Holzwürmer wunderten.
„Herr!“, sprach das Männlein, „mach, dass ich eine liebreizende, wunderwunderschöne Frau kriege, um die mich alle beneiden, und mit der ich mein Tischlein und mein Bettchen teilen kann!“
Gott, der sich gerade eine kleine Pause von seinen Vorarbeiten zur Erschaffung eines neuen Weltalls gönnte, hörte diese Bitte und reagierte unwirsch.
„Hör zu, mein Freund!“, dröhnte es plötzlich in den Ohren des Betenden. Daraufhin sah sich das Kerlchen in der Kirche um, stellte fest, dass es ganz allein war und sank Gnade erflehend auf die Knie.
„Ich kann ja einiges bewerkstelligen, wenn ich will!“, fuhr der Weltenlenker fort, ohne eine gewisse Verärgerung zu verbergen. „Hier und da habe ich der Welt sogar schon den einen oder anderen guten Politiker gegeben, aber was du von mir verlangst ...!“
Gott unterbrach seine Rede, der kleine Mann hörte das Blut in den Schläfen pochen.
„Sieh‘ dich doch mal an ...!“, fuhr der Herr fort, nun schon etwas ruhiger. „Wie soll das gehen - weißt du nicht, dass die Frauen an euch Männern besonders dies schätzen: Saubere, ordentliche

Kleidung? Wie sollte eine auch nur halbwegs begehrenswerte Frau auf so einen abgewrackten Zausel ..." Gott hielt inne, weil ihm sein göttlicher Lapsus bewusst wurde.
„Was ich sagen will, ist ..."
Der Kleine lauschte, ohne zu atmen.
„Du kennst doch euer Sprichwort: Kleider machen Leute!"
„Jaja," entgegnete das Männlein zaghaft, „... aber ..."
„Und du kennst auch das andere Sprichwort: Hilf dir selbst - so hilft dir Gott!", unterbrach der Herr das Gestammel. „Denk drüber nach und sieh zu, was du daraus machst!", beendete Er seinen Teil des Zwiegesprächs.

Der kleine Mann ging nachdenklich versunken heim in seine winzige Wohnung und fand auf dem Fußboden des Flures den neuesten, durch den Briefschlitz eingeworfenen Wochenprospekt eines großen Discounters. Er überflog das bunte Faltblatt und traute zunächst seinen Augen nicht. Dann fiel er auf seine kleinen Knie, faltete die Händchen, reckte sie gen Zimmerdecke und rief, während wahre Sturzbäche von Tränen sein kleines Gesicht überfluteten: „Danke, Herr – ich danke dir! Bis in alle Ewigkeit will ich dir danken! Amen!". Und dann nahm das Männlein noch einmal den Prospekt in seine kleinen Hände und besah sich wieder und wieder die Anzeige, die ihn so glücklich gestimmt hatte:

**„Diese Woche bei LIDA: Herren-Jogginganzüge, in den Größen S, M, L, XL und XXL, 70% Polyester, 30% Baumwolle, in den Farben schwarz, blau und grau, nur 7,90 €!"**

In der folgenden Nacht träumte das Kerlchen nur diesen einen Traum: Es sah sich in seinem neuen, dunkelblauen und äußerst eleganten Jogginganzug durch die Straßen des Städtchens gehen. Aber es ging nicht alleine, in dem Traum! Eine wunderschöne, große und schlanke Frau hatte sich bei ihm untergehakt und

begleitete ihn auf seinem Spaziergang. Die Bürger der Stadt, die bisher von unserem Helden kaum Notiz genommen hatten, ihn bestenfalls wegen seiner abgerissenen Kleidung milde belächelt und hinter seinem Rücken über ihn gespottet hatten, grüßten ihn freundlich, luden ihn gar ein, sie zu besuchen - zum Tee, zum Kaffee und sogar zum Diner, zur Matinee und zur Soiree!
Aufgewacht und aufgestanden, konnte der kleine Mann nicht einmal frühstücken, so aufgeregt war er. Bisher hatte er stets die abgelegten und verschlissenen Kleider seines älteren Bruders getragen, eigene Kleidung konnte er sich nicht leisten, arm wie er war. Aber die 7,90 Euro für einen niegelnagelneuen Anzug, einen richtigen Anzug - die konnte er noch so eben erübrigen!

Früh machte sich unser Freund auf den Weg zu dem Kaufhaus, das abgezählte Geld im vor Aufregung verschwitzten Händchen. Lange nicht mehr, vielleicht noch nie hatte er sich so auf etwas gefreut, wie auf den neuen Anzug! Sein Traum schien ihm ein Zeichen zu sein! Und: Hatte nicht der HERR selbst ihm mit dem Hinweis auf die beiden Sprichwörter den Weg gewiesen? Den Weg, der zweifellos in eine strahlende Zukunft führen würde? Geachtet, geschätzt und geliebt – so sah er sich! Ein Wunsch, ein lang gehegter Herzenswunsch sollte heute in Erfüllung gehen! Vor Freude machte der kleine Mann Luftsprünge!

Vor Schreck setzte sein Herz einen Schlag aus, als er die lange Schlange vor dem Laden erblickte. Dutzende - nein Hunderte von Kunden lauerten offensichtlich auf den Kauf eines äußerst günstigen Anzuges. Dem Männlein wurde bange. Es sah seinen Traum wie eine Kaugummiblase platzen. Nein – das durfte nicht sein! Das Männchen nahm den ganzen Mut, der in seinem kleinen Herzen zu finden war, zusammen und sprach den vor ihm stehenden Herrn an: „Verzeihen Sie, würden Sie mich vielleicht vorlassen? Sie müssen wissen, ich habe nicht viel Geld, und wenn ich diesen Anzug nicht erstehen kann ...“

„Wir haben alle wenig Geld, darum stehen wir hier an, du Zwerg!“, unterbrach der Angesprochene den Kleinen ruppig.
Nun war es um die Fassung des armen Kerlchens geschehen. So sehr, wie er gestern noch vor Freude über das günstige Angebot geweint hatte, so sehr weinte er jetzt vor Trauer über die Aussichtslosigkeit, einen der begehrten Anzüge zu erstehen.
Die Türen des Discountladens öffneten sich, die Herde der Schnäppchenjäger stürmte das Gebäude. Rufend, schimpfend, schreiend, fluchend, brüllend, stoßend, drängelnd, schubsend, hauend und tretend zwängten sie sich durch die schmalen Türen – allein der kleine Mann am Ende der Schlange war fast ruhig, nur sein leises Schluchzen wäre zu hören gewesen, hätten die anderen nicht so gelärmt.

Mit jedem glücklichen Käufer, der den Laden mit einem oder gar mehreren der begehrten Kleidungstücke unter dem Arm oder im Korb verließ, alterte das Männchen um Jahre, so schien es ihm. Und dann, endlich, nach schier endlos langsamen Vorankommen stand der kleine Mann schließlich in dem Laden. Dort traf er auf eine abgekämpfte Verkaufsangestellte, eine blasse, ausgemergelte Frau mit dunklen Ringen unter den Augen. „Entschuldigen Sie ...“, sprach er sie mit vor Furcht vibrierender Stimme an, „... die Anzüge für 7,90 ...“
„Sie meinen die Turnklamotten? Die sind alle weg. Ratzfatz ausverkauft. Kommen auch nicht mehr rein, hoffe ich jedenfalls!“
Das Männchen schluchzte. Wie in Trance taumelte es durch die langen Gänge des Geschäftes, die gesäumt waren von Regalen, gefüllt mit allem Möglichen, bis es vor einem großen, leeren Drahtkorb stehen blieb. Über dem Korb pendelte ein Pappschild mit dem Aufdruck:

**Hier bei LIDA:**

**Herren-Jogginganzüge, in den Größen S, M, L, XL und XXL, 70% Polyester, 30% Baumwolle, in den Farben schwarz, blau und grau, nur 7,90 €!**

In dem Gestell hatte er bis vor wenigen Minuten noch gelegen - sein Traum von einem schöneren Leben. Und wieder überkam den kleinen Mann eine unendliche Traurigkeit, er begann zu weinen, wie er noch nie in seinem Leben geweint hatte! Und er weinte nicht nur - vor Schmerz über sein Unglück schüttelte es ihn! Er zitterte am ganzen Körper, so sehr, dass ihm die Euro- und Centmünzen, die er immer noch in seinem Händchen gehalten hatte, aus der Hand fielen und über den Fliesenboden rollten! So schnell es ihm mit tränenblinden Augen möglich war, sammelte er die Münzen auf. Dabei sah er ein Fünfzigcentstück unter den Drahtkorb rollen. Das Kerlchen musste sich flach auf den Boden legen und seinen kleinen Arm ganz, ganz lang strecken, um an das Geldstück ...
Was war das?
Etwas Weiches, Knisterndes ...
Die kleine Hand griff zu.

In dem Städtchen, von dessen kleinstem und unscheinbarstem Bürger ich euch berichtet habe, findet seit alten Zeiten an jedem Montag die Montagsdemo statt. Sie beginnt um 17 Uhr vor dem Rathaus, führt durch die Tuchmacherallee den Seifensiederberg hinauf zum Wollfärberplatz, dann den Knochenhauerweg hinunter in die Drippendellergasse, und durch die Lohgerberstraße zurück zum Rathaus. Wofür oder wogegen demonstriert wird – man weiß es nicht. An ihr nehmen nur die Honoratioren des Städtchens teil - der Bürgermeister, die Stadträte, der Herr Pastor, einige renommierte Kaufleute, der Schuldirektor und wenige, von der Vollversammlung der Montagsdemonstranten gewählte und eingeladene Bürger.
Seit einigen Wochen begibt sich jeden Montag um Punkt 16:50 Uhr ein kleiner Herr in einem etwas zu großen, blauen Jogginganzug auf den Weg zum Rathaus. Den Hosenbund - aber das kann man, da er von der Jacke verdeckt wird, nicht sehen - trägt das Männlein in Brusthöhe. Die etwas zu langen Ärmel des blauen

Jogginganzuges hat er elegant umgekrempelt, was seiner Erscheinung eine sportliche Nuance verleiht.
Eines der ehrenwerten Mitglieder der Montags-Demonstrationsgruppe freut sich immer ganz besonders über das Erscheinen des Kleinen: Das üppige Fräulein Thea, Betreiberin des Müsliladens „Immergrün“ und Abgeordnete des Stadtrates als Vertreterin der Ökologischen Partei.
Zwar ist sie nicht unbedingt das, was unserem Helden am Anfang der Geschichte, die ich euch erzählt habe, vorschwebte, und nicht ganz die Art von Frau, mit der er sich in seinem Traum gesehen hatte. Aber sie ist nett, anschmiegsam, gebildet und humorvoll.
Am kommenden Montag wird sie ihrem kleinen, etwas schüchternen Freund erklären, dass sie nach reiflichem Überlegen gewillt ist, ihr Tischlein mit ihm zu teilen! Und wenn er bereit sei, den blauen Jogginganzug durch einen polyesterfreien zu ersetzen – ihr Bettchen auch!

## Herbert Brochterhagens letzte Versuchung

"Leichtes Kopfweh", dachte er, "ich habe leichtes Kopfweh". Herbert Brochterhagen strich vorsichtig mit den Fingern der rechten Hand über seine Stirn, dort, wo die Kugel eingedrungen war. "Nichts zu fühlen, der Bestatter hat gute Arbeit geleistet", dachte Herbert, als leises Räuspern seine Gedanken unterbrach.
Ein eigenartiges Triumvirat, dem er gegenüberstand: Gebeugt und klein der alte Mann, der - die hohe Stirn in tiefe Falten gelegt - leise, ganz leise Selbstgespräche führte.
Des Weiteren ein jüngerer Mann, drahtig, etwas blass, mit langen Haaren - der erinnerte Brochterhagen an das Che-Guevara-Poster, das viele Jahre in seinem Jugendzimmer gehangen hatte. Und zwischen den beiden, auf einer Art Thron, eine göttlich schöne Frau, groß, schlank und wohlgefällig proportioniert, das hochgesteckte, rote Haar von kaum sichtbaren, silbernen Strähnen durchzogen.
Auch diese Frau erinnerte Brochterhagen an ein Foto, das ihm vor ewigen Zeiten, als er ein Junge war, sehr viel bedeutet hatte. Er bewahrte es damals an sicherer Stelle vor den putzenden Händen der Mutter auf, holte es nur hervor, wenn er sich völlig ungestört wähnte. Kaum eine Nacht damals, in der die Frau auf dem Foto ihn nicht vom Einschlafen abhielt. So schön, wie sie war, so lasziv, wie sie sich auf dem kleinen Bild räkelte, in einem langen, tief dekolletierten Kleid, die rechte Hand im Nacken, so, dass ihre vollen Brüste hervorstachen und Herberts pubertäre Phantasien immer wieder aufs neue anheizten. Genau so sah die Frau vor ihm aus - genau wie Rita Hayworth!

"Hör mit deinem senilen Gebrabbel auf, Männi!", fuhr die Schönheit den Alten zu ihrer Linken an, schüttelte entnervt den hübschen Kopf und wandte sich dann Brochterhagen zu: "Soso, da bist du also!" Sie erhob sich von ihrem Thron, ging – nein: schritt in damenhaftester Weise auf Brochterhagen zu. Jetzt, da sie einmal um ihn herumging, ihn dabei aus dunkelblauen Augen musterte, bemerkte Brochterhagen, dass sie bei weitem nicht so groß war, wie es ihm zunächst schien. Sie reichte ihm, der zeitlebens als groß und schlank bezeichnet wurde, gerade bis an die Brust.

„Ich müsste mich sehr tief bücken, um sie zu küssen ...“, dachte Herbert zunächst und korrigierte sich sofort: „Ich werde mich sehr tief bücken müssen ...“ Währenddessen hatte die Frau ihre Musterung beendet. Sie stand ihm gegenüber, die Hände hinter dem Rücken verschränkt, ihre Brüste zeichneten sich deutlich unter ihrem knöchellangen, eng anliegenden Gewand ab. Als er sie so unauffällig wie möglich mit den Augen abtastete, bemerkte Herbert, dass er zwar gestorben, aber nicht völlig tot war.
„Was war es, das den Frauen so an dir gefiel?“, fragte sie ihn. Oder sich. „Du bist alles andere als ein schöner Mann. Hast im Leben nicht allzu viel Erfolg gehabt, gerade genug, um einigermaßen davon leben zu können. Warst weder sehr charmant, noch besonders gesprächig, geschweige denn übermäßig humorvoll. Und dennoch treffen hier selten Männer ein, die von mehr Frauen geliebt wurden und die mehr Frauen geliebt haben, als du!“, setzte sie ihren Monolog fort. „Darüber hinaus bist du mit den Frauen nicht gerade nett umgegangen. Sie wurden deiner schnell überdrüssig. Mit keiner warst du längere Zeit zusammen, meistens nur zwei oder drei Tage. Und Nächte. An manchen Tagen gingst du abends in ein anderes Bett, als in jenes, aus dem du morgens aufgestanden warst. Und oft genug hast du für den Mittagsschlaf, oder wie man das nennen soll, wieder ein anderes Bett ...!“ Herbert seufzte.
„Aber die Fjorde! Die hab ich ganz alleine ...!“ Ruckartig drehte sich Herberts Richterin, oder was immer sie darstellte, um. Herbert beugte sich leicht zur Seite und sah an der Frau vorbei auf den Alten, der sich in eine heftige Empörung hineingesteigert zu haben schien.

„Damals konnte ich noch alles alleine entscheiden, und es war gut! Wenn ich bedenke, was ich damals in nur sieben Tagen ...!"
„Schluss jetzt!", herrschte die Frau den alten Mann an, und befahl dem jüngeren: "Bring deinen Vater auf sein Zimmer und schalte ihm den Fernseher ein. Das wird ihn beruhigen!".
Der Sohn legte fürsorglich einen Arm um des alten Vaters Schulter und zog ihn sanft aus seinem Sessel empor; dabei sprach er leise und sichtbar bemüht, den Angesprochenen zu beruhigen, auf ihn ein. Der reagierte undankbar: „Ja, tu nur, was sie dir sagt, du Muttersöhnchen! Aber vergiss nicht, von wem du den entscheidenden Tipp bekamst, Blinde sehend zu machen, und wer dir das Kunststück beigebracht hat, Wasser in Wein zu verwandeln!"
Es war Herbert nicht entgangen, dass die vom Alten Angegriffene nicht ruhig blieb und sich ebenfalls aufregte.
„Und vor allem", schrie sie in Richtung der beiden Männer, und unterstrich dabei ihre Worte mit drastischen Gesten, „vergiss nicht, wem und wessen Bestreben, aus dir einen Superstar zu machen, du es verdankst, dass sie dich mit zehnzölligen Nägeln an ihr komisches Kreuz genagelt haben!" In dem Moment wurde es Herbert, der den Ehestreit belustigt verfolgte hatte, klar, wer die drei waren. Und obwohl seine Konfirmandenzeit, und damit sein letzter Kontakt mit dem Buch der Bücher lange zurücklag, fiel ihm jetzt eine große Fahrlässigkeit der Bibelautoren bei ihren Recherchen auf. Denn in jenem Moment wurde es Herbert Brochterhagen klar, wer diese Frau war, die schönste Frau, der er je begegnet war.

Noch lächelnd ob des göttlichen Ehekrachs, dessen Zeuge er soeben wurde, holte ihn die Tobende, die sich ruckartig wieder umdrehte, schlagartig in die Gegenwart, seine Gegenwart, zurück: "Was grinst du so dämlich, du Bock?", keifte sie ihn an. „Solche Diskussionen musstest du nie führen! Und du musstest dich auch nie um die Erziehung deiner Kinder kümmern!"

„Stimmt!“, dachte Herbert. Zwar war er Vater zweier Söhne und einer Tochter. Aber deren Mütter hatte er nach den Zeugungsakten nicht mehr allzu oft gesehen.
„Viel schlimmer noch - du hast die Mütter deiner Kinder sitzengelassen, sie mit unregelmäßig gezahlten Alimenten abgespeist und bist lieber deinem Vergnügen nachgegangen, als dich um deine Familien, oder das, was diese Menschen hätten sein können, zu kümmern!“
„Stimmt auch …“, ging es Herbert durch den Kopf. Er sah Gottfraus Mann und Sohn durch eine große Tür verschwinden.
„Aber du bist zu weit gegangen. Mit deiner letzen Liebe bist du zu weit gegangen!“
„Stimmt schon wieder!“, dachte Herbert, sagte aber nichts und strich sich nochmals mit den Fingern über die bewusste Stelle an der Stirn. „Sie ist gut informiert“, stellte er für sich fest. „Sie weiß auch von Sonja, der heißblütigsten Frau, die mir je begegnet ist, und der eifersüchtigsten. Mit der ich fast eine Woche zusammen war, und die mich mit einer alten, aber noch funktionierenden Armeepistole, die sie von ihrem Großvater geerbt hatte, davon abhielt, sie zu verlassen ...“
„Ja ...“, gestand er leise. „Tut mir Leid, ich hab viel Mist gebaut im Leben, ich weiß ...“, gab Herbert reuevoll zu. Zerknirscht blickte er auf seine Schuhspitzen. Seine guten schwarzen Schuhe hatten sie ihm angezogen. Und seinen uralten, schwarzen Anzug, der ihm, der sein Idealgewicht stets problemlos halten konnte, zwar immer noch passte, aber dessen Schnitt mittlerweile völlig unmodern war.
„Ich hab mich eben immer so schnell verliebt, und die Frauen sich auch in mich. Warum, weiß ich auch nicht ...“, setzte er seine Verteidigungsrede leise fort. Und hob seinen Kopf. Sah Gottfrau in die Augen. Ganz tief blickte er ihr in die Augen, aus seinen großen, braunen, fast schwarzen Augen, die etwas von der Unschuld der Rehaugen, der Traurigkeit von Elefantenaugen, und der Sehnsucht, die aus Zootigeraugen strahlt, in sich vereinten. Und er presste seine Lippen aufeinander wie ein kleiner Junge,

der bei etwas Verbotenem erwischt wurde, und der die aufkommenden Tränen zu unterdrücken versucht, während der Sturm der Schelte über ihn hinwegzieht. Und genau das sah Gottfrau in ihm: Einen kleinen, fehlgeleiteten Jungen, der sich schrecklich schämt.
„Jetzt weiß ich, was den Frauen an dir gefiel ...“, sagte sie und konnte ein mildes Lächeln nicht unterdrücken.
„Setzen wir uns!“, forderte Gottfrau ihn auf, „und überlegen, was wir mit dir tun!“ Brochterhagen wartete, bis sie auf ihrem Thron Platz genommen hatte und setzte sich dann auf den Stuhl zu ihrer Linken, auf dem bis vor kurzem noch Gott gesessen hatte.
„Du wirst jetzt viel Zeit haben, über dein Leben nachzudenken. Und auch über das, was du falsch gemacht hast. Solange, bis du zur Rechenschaft gerufen wirst!“, erklärte Gottfrau.
„Es gibt ihn also wirklich, den *Jüngsten Tag?“*, fragte Herbert, der das nie so recht geglaubt hatte, erstaunt.
„Nenn es den *Jüngsten Tag,* wenn du willst. Jedenfalls wird an jenem Zeitpunkt über deine endgültige Zukunft entschieden werden!“
„Könnte es denn sein, dass ich nach dem Tod, nach diesem Tod eine weitere Chance bekomme? Ein zweites Leben?“
„Das entscheide ich nicht alleine“, entgegnete Gottfrau und fügte leise hinzu: „jedenfalls *noch* nicht.“
Herbert legte vertraulich eine Hand auf Gottfraus linken Unterarm, der auf ihrem linken, wie Herbert mit Kennerblick bereits festgestellt hatte, recht gut geformten Oberschenkel ruhte.
„Wie lange wird es etwa dauern, bis ich ...?“, fragte Brochterhagen.
„Das kann ich dir nicht sagen. Selbst wenn ich könnte: Wir rechnen hier nicht in Monaten, Jahren oder Jahrhunderten. Wozu auch. Es wird lange dauern, das muss dir reichen!“
„Wie werde ich die Zeit verbringen? Alleine? In einem kleinen Zimmer?“
Gottfrau lächelte: „Nein, wozu ... Du wirst Gesellschaft haben. Und ich werde hin und wieder kommen und nach dir schauen.“

Herbert lächelte. Wieder blickte er Gottfrau tief in die Augen, als wolle er sie hypnotisieren.
„Ich freu mich jetzt schon auf deinen Besuch", sagte er leise, mit gespielt heiserer Stimme. Das hatte er aus alten Kinofilmen in Erinnerung. Ein Trick, der ihm bei vielen Eroberungen hilfreich war. Gottfrau kniff ihre Augen ein wenig zusammen. Herbert deutete das als ein Signal. Und ging zum Angriff über. Er beugte sich zu ihr hin, und während seine Hand von ihrem Unterarm auf ihren Oberschenkel rutschte, flüsterte er ihr zu: „Du kannst mich jederzeit besuchen, auch unangemeldet, auch nachts!"
Gottfrau lächelte, Herbert auch. Gottfrau ergriff Herberts Hand. Herbert fühlte sich seinem Ziel ein großes Stück näher. Energisch beförderte Gottfrau Herberts Hand auf seinen eigenen Oberschenkel. Schlagartig war das Lächeln aus ihrem Gesicht verschwunden.
„Du wirst dich nie ändern! Du wirst immer der Stenz sein, ein Gigolo und Herzensbrecher! Wirst nie begreifen, was du damit anrichtest, wirst immer nur dein eigenes Vergnügen suchen!" Herbert sah sie, die lauter wurde, ängstlich an.
„Nun gut - wo dir so sehr an weiblicher Gesellschaft liegt, sollst du weibliche Gesellschaft haben!", entschied Gottfrau nach kurzem Überlegen.
„Die Äonen bis zu deinem Gerichtstermin sollst du in Gesellschaft verbringen, die dir gefallen wird, die dir sogar sehr gefallen wird!"
Herbert Brochterhagen hätte sich über diese Ankündigung gefreut, wenn dabei nicht ein merkwürdiger Unterton in Gottfraus Stimme mitgeschwungen hätte. Eine Tür öffnete sich, und ein großgewachsener, mit einer Art Uniform bekleideter Mann kam auf sie zu. Er verbeugte sich knapp vor seiner Chefin und nahm ihre Anordnung entgegen:
„Bring Herrn Brochterhagen in sein Interimsjenseits!" Wortlos, nur mit Blicken forderte der Angesprochene Herbert auf, ihm zu folgen. Herbert warf einen letzten Blick auf Gottfrau, versuchte alles in diesen Blick zu legen, was ihm auf Erden jahrzehntelang

die größten Eroberungserfolge beschert hatte. Vergeblich, schien es ihm.

Er folgte dem Mann, der noch ein Stück größer war als er selbst.
„Ganz schön zickig, die Frau vom Chef!“, versuchte er, den anderen in ein Gespräch zu verwickeln. Aber der blieb stumm. Auch auf Herberts Fragen nach dem Wohin antwortete er nicht. Herbert hätte nicht sagen können, wie lange er seinem Führer schnellen Schrittes durch endlose Gänge, die mit anderen, ebenso endlosen Gängen verbunden waren, folgte. Oft begegneten sie anderen Zweiergespannen: Männern, Frauen, alten und jungen aller Hautfarben, manchmal sogar Kindern, die einem Uniformierten folgten, meistens stumm, mit ängstlich weit geöffneten Augen.
Plötzlich blieb Herberts Schutzbeauftragter stehen.
„Da sind wir!“, sprach er Herbert erstmals an.
„Wo?“, fragte Herbert erstaunt, „hier ist doch nichts!“ Der Andere legte noch eine Hand auf die Wand des Ganges, in dem die beiden standen, und war verschwunden.
Herbert sah sich um. Er hörte leise Musik von irgendwoher, Stimmen auch. Und er nahm Gerüche wahr wie es sie in einem großen Haus gibt, in dem viele Menschen wohnen. Da waren wieder Gänge, aber kleinere, Fluren ähnlich. Die gingen alle von der Halle aus, in der Herbert jetzt stand.
„Hallo-ho!“, wurde er von hinten angesprochen. Herbert drehte sich um: Eine Frau, eine blonde, sehr hübsche Frau kam auf ihn zu. „Wie schön - Besuch!“, hörte er aus einer anderen Richtung. Auch das wurde von einer weiblichen Stimme gesprochen, die zu einer großgewachsenen Brünetten gehörte, stellte Brochterhagen fest, als er sich ihr zuwandte.
„Und dann noch ein Mann – endlich ein Mann!“, freute sich eine dritte Stimme, die zu einer etwas pummeligen, aber recht nett anzusehenden Rothaarigen gehörte. Herbert lächelte. Immer mehr Frauen kamen aus den Gängen in die Halle. Strahlend kamen sie auf ihn zu, nahmen ihn zur Begrüßung in den Arm,

küssten ihn zum Willkommen auf die Wangen, musterten ihn, suchten Kontakt zu seinem Körper. Kleine Berührungen, Streicheleien, sagten ihm, wie sehr sie sich freuten, nach so langer Zeit endlich einen Mann zu sehen. Sie hätten es nicht erwähnen müssen – Herbert sah es ihnen an, sah das Feuer, das in ihren Augen loderte.
„Das Paradies!", dachte Herbert, und weiter: „Das Paradies gibt es wirklich, und ich bin mittendrin!"

Aber etwas stimmte nicht.
Das spürte Herbert, als eine stattliche Frau mit schwarzem Haar und dunklem Teint ihn zur Begrüßung auf den Mund küsste und aufforderte, mitzukommen. Sie wolle ihm ihre Zimmer zeigen, erklärte sie mit eindeutigem Lächeln. Herbert freute sich darauf. Aber jener von Herberts Körperteilen, der diese Art von Freude, von Vorfreude, sonst mit wachsender Anteilnahme geteilt hatte, blieb stumm.
Wo blieb das wohlige Pulsieren in seiner Körpermitte, als eine andere Frau ihn mit verführerischem Silberblick ansah und bat: „Darf ich dir anschließend mein Appartement zeigen?" Wo blieb die Hitze, die ihn in solchen Situationen viele hundertmal überkommen hatte, als die anderen Frauen, mehr als ein Dutzend waren es, sich darum zu streiten begannen, welche ihm wann und wie lange ihre Wohnung zeigen würde? Wo blieb das prickelnde Kribbeln, das ihn längst hätte ergreifen müssen - wo? Wo?
Da kam ihm Gottfraus Blick in den Sinn. Der, mit dem sie ihn beim Abschied vor – ja, wie lange war das her? – bedacht hatte.
Da war etwas Gemeines in dem Blick gewesen, etwas Hinterhältiges, ganz und gar Ungöttliches. Etwas, das diese Stille und Regungslosigkeit im Zentrum seiner Sinnlichkeit ausgelöst haben musste.
„Sie hat mich nicht ins Paradies geschickt!", begann es, Herbert zu dämmern: „Dies ist nicht der Himmel!"

## Hochwasser

Der wochenlang andauernden Tieffrostphase folgten tagelange Schneefälle. Als die Schneehöhe alpines Maß erreicht hatte, sorgte kanarischer Hochdruckeinfluss für frühlingshafte Temperaturen und Dauerregen. Die Pegel der heimischen Seen, Bäche und Flüsse stiegen stündlich um mehrere Zentimeter. Nicht lange, und der Fluss, der für gewöhnlich unweit unseres Heimes träge in seinem Bett dahin fließt, leckte an der unteren der beiden Stufen, die in unser Haus führen.
„Wir müssen etwas tun!“, sagte meine Frau. Sie ist eine kluge Frau. So füllte ich einige Plastiksäcke mit Sand, den ich auf einer seit Monaten verwaisten Baustelle entlieh, und stapelte diese vor unserer Haustür.
Der Fluss näherte sich langsam aber stetig der zweiten Stufe. „Wir sollten Vorsorge treffen“, gab meine Frau, die Weise, zu bedenken, „alle wichtigen Dokumente, alle elektrisch betriebenen Geräte, Möbel und sonstige wasserempfindliche Gegenstände in Sicherheit bringen! In die obere Etage, auf den Dachboden und auf irgendwelche Erhöhungen!“
Sie denkt mal wieder an alles, dachte ich. Aber wozu habe ich sie sonst, dachte ich weiter. Dennoch war es Zeit für mich, jene Aufgabe zu übernehmen, die dem Manne von der Natur für den Weg durchs Leben mit gegeben wurde - organisieren.
„Du -“, sprach ich zu meiner Gattin, „kümmerst dich um alle wichtigen Dokumente, alle elektrisch betriebenen Geräte, Möbel und sonstige wasserempfindlichen Gegenstände! Bring sie in Sicherheit, in die obere Etage, auf den Dachboden und auf irgendwelche noch zu schaffende Erhöhungen!“ Ich sah ihrem Blick an, was sie mich fragen würde und kam ihr zuvor: „Ich kümmere mich um die Bücher!“, und ergänzte: „Natürlich auch um deine!“
Der Fluss hatte die zweite Treppenstufe erreicht, als ich, immer wieder von meiner Stuhl, Sessel und Tisch schleppenden Gattin unterbrochen, vor der großen Bücherwand stand und meine Vorgehensweise durchdachte. In der obersten Reihe befanden sich

ausschließlich die Bücher meiner Frau. Frauenbücher. Von Frauen für Frauen geschrieben. Manche nennen das Frauenliteratur. Warum auch nicht - man kann einer Frau schließlich kaum zumuten, Dostojewski zu lesen.
Ein Ende des aufgerollten Teppichs traf mich in den Nacken und unterbrach mich in meiner Planungsarbeit.
„Kannst du nicht aufpassen?", herrschte ich die Teppichträgerin an.
„Kannst du nicht mit anfassen?", frauschte sie zurück.
„So was kommt von Frauenliteratur ...", ging es mir durch den Kopf. Ich erinnerte sie, nicht ohne eine gewisse Häme, an den mir oft unter die Nase geriebenen Judo-Dan, der sie in ihrer Jugend unter anderem auf Bezirks- und Landesmeisterschaften begleitet hatte, und der ja mit einer gewissen körperlichen Kraft einhergeht. „Ich hingegen", so erklärte ich, „bin mehr ein Mann des Geistes und auf jeden Fall der schwachen Bandscheiben! Willst du etwa riskieren, dass ich inmitten dieser Naturkatastrophe" (ich wies auf das weiter steigende Wasser) „einen Hexenschuss erleide, und du auch noch meine Arbeiten übernehmen musst?" Ich verstand ihre gemurmelte Antwort nicht, war aber überzeugt, dass auch sie ihren Nährboden in der Frauenliteratur hatte.
„Gibt es überhaupt ...", philosophierte ich vor mich hin und gönnte mir diese kleine Pause von der anstrengenden Bücherräumaktion, „... nennenswerte, namhafte Autorinnen, also Frauen, die Romane, Erzählungen, Kurzgeschichten von einer gewissen Größe und Bedeutung geschaffen haben?" Ich ließ meine Augen systematisch über die mit Büchern dicht gefüllten Regalwände wandern. Die oberste Reihe ignorierte ich dabei. Tatsächlich - ich fand die Bücher zweier Schriftstellerinnen, die ihren Platz unter männlichen Kollegen durchaus verdient hatten: Astrid Lindgren und Anaïs Nin. Immerhin. Und dann fiel mir noch eine recht passabel schreibende Frau ein, deren ersten Roman ich kürzlich gelesen hatte. Nach kurzer Suche fand ich ihn, schlug ihn mittendrin auf und begann zu lesen:

*„Stellen Sie sich doch mal vor, was passiert, wenn es friert und das Wasser in den Steinen zu Eis wird. Es steht ja schon fast bis zu den Fenstern. Bei Frost bricht Ihnen die ganze Wand auseinander. Die zerbröselt wie Luftschokolade."*
*„Was kann ich denn machen?", fragte Leon resigniert.*
*„Tja", sagte Kay und hängte einen Arm über die Sofalehne, „Zaven, also der Mann, der hier vorher wohnte, der hatte das Fundament schon mal freigelegt, und wir haben es damals mit Bitumen gestrichen. Bisher hat das genügt. Jetzt ist wahrscheinlich einfach zuviel Wasser im Boden."*
*„Im Boden kann nie zuviel Wasser sein", sagte Isadora. „Wasser ist Leben. Wasser macht Spaß."*
*„Das Gefährliche ist", sagte Kay, „dass das Haus nur halb unterkellert ist. Das heißt, dass es mittendurch brechen kann. Schlimmstenfalls. Eigentlich müssten Sie eine Grundwasserwanne einbauen. Aber das wird furchtbar teuer. Am besten, sie verklagen denjenigen, der Ihnen das Haus verkauft hat."*

Ich ließ das Buch sinken und starrte die Bücherwand an. Grundwasser - nach dem Hochwasser kommt das Grundwasser, hatte ich kürzlich in der Zeitung gelesen ... Unser Haus ist auch nur zur Hälfte unterkellert ... Was, wenn das Wasser bleibt, die Wände sich voll saugen und es zu frieren beginnt ... Der Hausverkäufer ist schon lange tot ...
*Tock.*
Der Stecker des Fernsehgerätes, das meine Frau vor Bauch und Brust geklemmt hatte und dabei puffend und schnaufend aus dem Wohnzimmer tragen wollte, war auf den vom Teppich befreiten Dielenboden gefallen und hatte mich aus meinen Überlegungen gerissen.
„Warte!", sagte ich zu meiner Frau, „ich helfe dir!" Ich stellte das Buch zurück ins Regal und bückte mich nach dem Stecker. „Sonst stolperst du und fällst hin, mitsamt dem Fernseher. Und der war ja nicht billig!", erinnerte ich meine Frau an ihre teure Fracht und große Verantwortung. Ich ging vor ihr her und trug den Stecker den ganzen weiten Weg durchs Haus und die Treppe

hinauf bis zum Gästezimmer. Dort setzte sie das Gerät auf dem Bett ab.
„Wenn du die Stereoanlage gerettet hast – das kannst du ja wohl alleine! – solltest du dich um die Gartengeräte im Schuppen kümmern, bevor das Wasser auch dort hineinläuft: Rasenmäher, Schredder, die Motorsäge und die anderen Maschinen!“, drängte ich meine Gattin. Der Fluss, das war mir im Vorbeigehen an der Haustür nicht entgangen, hatte Kontakt zu den Sandsäcken aufgenommen.
Meine Frau wischte sich das Haar aus der schweißbedeckten Stirn. „Hast du eigentlich schon einen einzigen Handschlag getan?“, fragte sie. Der verärgerte, ja - anklagende Unterton in ihrer Stimme, den zu verbergen sie sich keinerlei Mühe gab, entging mir nicht.
„Liebe Frau“, entgegnete ich mit ausgesuchter Höflichkeit und leicht erhobener Augenbraue, „ich habe soeben in einem Handbuch wichtige Informationen über den Umgang mit bedrohlichen Wassern gelesen! Danke dem Schöpfer auf den Knien, wenn wir, was ich sehr hoffe, dieses Wissen nie werden anwenden müssen!“
Als sie die Einzelkomponenten der Stereoanlage entkabelt hatte und nach und nach aus dem Wohnzimmer trug, mich dabei mit immer böser werdenden Blicken beobachtete und gelegentlich Abfälliges murmelte, verlor ich einen kleinen Teil meiner Toleranz und Geduld.
Und als sie mittels meiner fürsorglichen Unterstützung und Hilfestellung das Wohnzimmer durch das extra von mir geöffnete Fenster kletternd verließ, raunte sie mir ein recht boshaft klingendes „Gute Erholung weiterhin!“ zu. Das war zu viel. Ich beschloss, den zuerst gefassten und dann aus einem gewissen Mitleid heraus verworfenen Plan zur Rettung der untersten Reihe meiner Bücher doch umzusetzen: Die Bücher der obersten Reihe des Regals mussten denen der untersten weichen. „Soll doch der *Impotente Mann fürs Leben* warten, bis er gesucht wird, und die *Bösen Mädchen* werden sich wundern, wo sie jetzt hinkommen!“, flüsterte ich.

Langsam erkämpften sich erste Rinnsale ihre Wege durch Sandsäcke und Haustürdichtung und krochen über die Fliesen des Flures. Nur die Türschwellen hinderten das Wasser noch daran, in die angrenzenden Räume einzudringen. Während meine Frau in Gummistiefeln im überfluteten Garten herumstapfte und aus Holzböcken und Brettern eine künstliche Erhöhung unter dem überdachten Wäscheplatz schuf, um dort die empfindlichen Gartengeräte zu deponieren, entfernte ich die Bücher aus der obersten Regalreihe. Damit diese Bücher wenigstens einmal für etwas gut seien, stapelte ich sie als zusätzlichen Schutz gegen die langsam eindringende Flut im Flur vor der Haustür auf.
Zurück im Wohnzimmer begann ich, die Bücher aus der untersten Reihe umzuschichten. Das laute und wenig damenhafte Fluchen meiner Frau unterbrach mich bei der Arbeit. Ich sah sie den Benzinrasenmäher zu der rettenden Rampe hin vor sich her tragen, sie strauchelte und verlor das Gleichgewicht. Auch dass sie den Rasenmäher sofort fallen ließ, rettete sie nicht vorm Sturz ins wadentiefe Wasser. Meine Geduld war am Ende. Ich riss das Wohnzimmerfenster auf: „Kannst du nicht aufpassen, du Trampel? Wenn Wasser ins Motorgehäuse eindringt, können wir den Rasenmäher wegwerfen! Und wenn Öl und Benzin ins Wasser laufen, werden tausende Kubikmeter Erdreich und Millionen Liter Grundwasser für alle Ewigkeit verseucht sein! Aber das kannst du ja nicht wissen – davon steht ja nichts in eurer *Frauenliteratur*!" Wutschnaubend schloss ich das Fenster und sah zu, wie sie – immerhin schuldbewusst weinend – den Rasenmäher auf die sichere Erhöhung bugsierte.

Es hat etwas Eigenes, schon einmal gelesene Bücher in die Hand zu nehmen; eine magische Anziehung geht von ihnen aus, gerade so, als würden sie mich ansprechen: „Hey – kennst du mich nicht mehr? Schau doch mal rein, gefall ich dir noch?" Entsprechend lange dauerte die kräfte- und zeitzehrende Arbeit der Bücherumschichtung. Gerade hatte ich mich ein wenig in das letzte der zu bewegenden Bücher vertieft, als meine Gattin aus dem Garten

zurückkam, nass, schlamm-, schweiß- und ölverschmiert.
„Schlimm siehst du aus!", sagte ich angewidert. „Und wie du stinkst! Wie ein kleines Kind, das im Schlamm gespielt hat!" Sie reagierte kaum, schnäuzte sich und sagte leise:
„Gerd ..." - das ist unser Nachbar - „... war auch im Garten. Er hat in den Nachrichten gehört, dass die Pegel langsam wieder fallen!" Dabei sah sie das Bücherregal an. „Du hast ja enorm viel geschafft!", stellte sie fest, und ich bemühte mich erfolglos, einen anerkennenden Unterton heraus zu hören.
„Wo sind meine Bücher ...!?", fuhr sie leise fort und blickte mich fragend an.
„Nun ...", entgegnete ich, suchte und fand eine überzeugende Erklärung für die ein klein wenig peinliche Verlagerung ihrer Bücher, „das Wasser drang ins Haus ein und ich musste handeln, eine zusätzliche Sperre bauen, versteht du? Es musste schnell gehen, und ich hatte gerade deine Bücher in der Hand ... Schlimmstenfalls werden die zuunterst gestapelten ein wenig feucht sein ..." Sie ging wortlos in den Flur, ich ihr hinterher.

Papier ist nicht immer geduldig. Wenn es feucht wird, wird es ungeduldig, anders kann ich es nicht erklären, dass die unterste Reihe der Bücher, feucht und ungeduldig geworden, sich ihrer tragenden Rolle entledigt und den ganzen über sich befindlichen Stapel in den nassen Flur hatte stürzen lassen. „Oh, deine schönen Bücher ...!", tröstete ich die arme Uta. Sie sagte gar nichts mehr.

Das obligate Trennungsjahr ist vorbei, die Ehe geschieden und in meiner Einzimmermietwohnung ist es sehr eng. Vertrieben bin ich aus dem Haus, das mir einst Heim war. Dummerweise wurde es seinerzeit zum größten Teil von meinem ehemaligen Schwiegervater finanziert. So weit hat mich die Frauenliteratur gebracht.

*Kursiv gesetzter Textauszug aus: Karen Duve, Regenroman*

## iookl

Gutemiene kann schreiben!
Bitte? Nein - keine Gedichte, nichts Schöngeistiges. Sie kann einfache, kurze Mitteilungen schreiben. Ach – vielleicht sollte ich zunächst erklären: Gutemiene ist eine alte Katzendame.
Wie alt sie genau ist, weiß ich nicht. Gutemiene ist uns zugelaufen, als sie etwa vier oder fünf Jahre alt war. Und das liegt gut zehn Jahre zurück. Sie ist also für eine Katze schon recht alt. Umso erstaunlicher, dass sie auf ihre alten Tage mit dem Schreiben begonnen hat.

Mein Laserdrucker, den ich – um ihn vor Staub zu schützen – mit einem dicken, doppelt und dreifach gefalteten Leinentuch abdecke, ist Gutemienes Lieblingsschlafplatz. Darauf liegt sie oft und gerne und döst vor sich hin. Manchmal blickt sie kurz auf, wirft mir einen Blick zu und schläft sofort wieder ein. Beneidenswert, denke ich dann, und: Katze müsste man sein!

Der Drucker steht in einem Regal neben meinem Computer. So habe ich beim Schreiben oder Arbeiten schnell die Hand am Netzschalter, wenn es etwas zu drucken gibt. Was natürlich nicht geht, wenn Gutemiene darauf schläft. Sie des Druckens wegen aus dem Schlaf zu reißen - undenkbar.
Um auf ihren Schlafplatz zu gelangen, springt sie vom Fußboden auf meinen Stuhl, beziehungsweise auf meinen Schoß, wenn ich auf dem Stuhl sitze. Von dort über den kleinen Rolltisch, auf dem sich Monitor, Tastatur und Maus befinden, zum Drucker. Kurz ein wenig Katzenwäsche - eingedreht und eingeschlafen.
Und dabei hat sie es immer vermieden, die Tastatur zu betreten, was nicht verwunderlich ist, sind doch die Abstände zwischen den Tasten gefahrenbergende Klüfte für nicht mehr ganz junge Katzenpfoten.

So war das, bis vor einigen Wochen.
An jenem Tag, ich quälte mich seit einigen Stunden mit einem Gedicht herum, wobei mir Gutemiene zwischendurch mitleidig zusah, erhob sie sich plötzlich vom Drucker, schlich sich auf den Rolltisch und setzte die rechte Vorderpfote gezielt auf den zentralen Punkt zwischen vier Tasten. Meine begonnene Verszeile wurde nun fortgesetzt durch das von Gutemiene geschriebene Wort: **iookl**.

iookl – was will mir meine Katze damit sagen? fragte ich mich.
Dass sie mir etwas sagen wollte, stand für mich außer Zweifel. Jahrelang tagtäglich, Abend für Abend vom Schlafplatz aus einem Dichter bei der Arbeit zusehen - das muss zwangsläufig irgendwann auch auf eine Katze abfärben. Katzen sind schlau – warum sollten sie nicht in der Lage sein, ihren Menschen einfache Mitteilungen in Katzensprache zu schreiben?

Schon hatte sie über meinen Schoß den Weg zur Zimmertür gefunden. Abwechselnd mich und die Tür ansehend, signalisierte sie mir: „Mach die Tür auf – ich will raus!“ Sollte das die Bedeutung von „iookl“ sein? Wohl kaum, die Gestenkommunikation funktionierte seit Jahren problemlos, warum sollte Mienchen, so nennen wir sie, sich die Mühe machen, mir diesen Wunsch, besser gesagt: Befehl, nun schriftlich mitzuteilen? Ich öffnete die Tür und folgte meiner alten Katze auf ihrem Weg durch unser Haus. Den Flur entlang bis in die Küche lief sie, ohne nach links und rechts zu sehen. Dort stürzte sie sich förmlich auf den stets gut gefüllten Fressnapf und begann, laut schmatzend die edlen Schlachtereiabfälle zu fressen.
Da war mir klar: „iookl“ bedeutet in der Katzensprache soviel, wie: „Hunger – essenwollen - mach ‘ne Dose auf!“

Wenige Tage später.

Das Gedicht war fertig, eine Kurzgeschichte im Entstehen. Ich hatte schon gut zwei Stunden daran geschrieben und wurde ein wenig müde. So entschloss ich mich zu einer kurzen, entspannenden Pause - eine Patience und dazu etwas Musik.
Ich schaltete das Radio ein, und es erklang ein Stück der *Bloodhound Gang*. Nach einem kurzen Intro auf der akustischen Gitarre folgte ein Stakkato auf elektrischen und Bassgitarren, begleitet von einem wummernden Schlagzeug und der sonoren Stimme des Sängers. Gutemiene, die fest auf dem Drucker zwischen den Lautsprechern geschlafen hatte, fuhr aus dem Schlaf empor, sprang auf den Rolltisch, drückte mit ihrer rechten Vorderpfote die Tastenfolge: **erfder** und sah mich vorwurfsvoll an. Als ich nicht reagierte, wiederholte sie ihre Eingabe, eindringlicher, wie mir schien: **errffdeer**.
Sollte die Musik, dieser heftige Beat, sie gestört haben? Ein Druck auf den Netzschalter des Radios: die Musik verstummte. Gutemiene gab ein leises „miau“ von sich, sprang zurück auf den Drucker und war bald darauf fest eingeschlafen.
In ein kleines Oktavheft, das ich wenige Tage zuvor aus gutem Grund gekauft hatte, notierte ich in die Zeile unter iookl:
erfder – mach die Musik aus!

Wenig später am selben Tag: Mit leisem Quietschen öffnete sich die nur angelehnte Zimmertür, und ein trat Diesel, unser junger Kater. Gutemiene kann Diesel nicht ausstehen. Sie kann überhaupt keine anderen Katzen leiden, auch Menschen gegenüber ist sie sehr kühl. Diesel hockte sich auf die Hinterpfoten und blickte an meinem Monitor vorbei auf Mienchen. Die fauchte ihn von ihrer erhoben Position aus an, streckte sich vom Drucker aus so weit vor, dass sie die Letternfolge
**üpöüüä**
schreiben konnte.

Da mir Gutemienes Abneigung gegenüber Diesel nicht neu war, ahnte ich sofort, wozu sie mich mit ihrem Wort bewegen wollte. Sanft setzte ich Diesel vor der Zimmertür auf dem Flur ab, nicht ohne ihn kurz und tröstend zu kraulen, schloss die Tür und setzte mich an meinen Arbeitsplatz. Gutemiene sah mich an, zufrieden.
In das Oktavheft notierte ich:
üpöüüä – schmeiß den dämlichen Kater raus!

In wenigen Wochen sammelten sich etliche Katzenbefehle in dem Notizheft; immer schneller begriff ich, immer weniger Überlegungen waren erforderlich, sie zu dechiffrieren.
Auf jeden Befehl und den Anlass für Gutemiene, ihn zu schreiben, einzugehen, würde den geschätzten Leser langweilen.
Daher nur kurz meine Notizen, die - so denke ich - auf dem besten Wege sind, zum unentbehrlichen Wörterbuch für den Katzenhalter zu werden:

asyyxs - dreh' die Heizung höher/mir ist kalt
jiuku - dein Bart kratzt
oiklii - mach Feierabend, lass mich endlich alleine
huzjhu - kraul mich am Bauch
huzjhi - kraul mich im Nacken
aawsaq - ich muss mal (raus in den Garten)
ooiiioo - sag deiner Frau, sie soll nicht so laut singen
tzhhz - hör auf zu lachen

Bald hatte ich das System in den Buchstabenfolgen, die Mienchens Aufforderungen bildeten, entdeckt. Es war gar nicht so schwer. Um sicherzugehen, dass ich ihre Sprache verstand, versuchte ich heute den umgekehrten Weg. Wenn ich ihre Sprache wirklich verstehe, so dachte ich mir, müsste die Katze auf einen von mir in ihrer Sprache geschriebenen Befehl ebenso gehorchen, wie andersherum.

Als sie vorhin in mein Zimmer schlüpfte, nahm ich Gutemiene behutsam mit der linken Hand auf, setzte sie auf meine Oberschenkel, so dass sie auf den Monitor sehen konnte und tippte das Wort:

**ölopo**.

Es funktionierte!
Eine Sensation!
Gutemiene las und verstand!
Unverzüglich folgte sie meiner in Katzensprache geschriebenen Aufforderung, sich hinzulegen und zu schlafen!

## Kühlschrank zu verschenken

Natürlich war er schon alt, dreißig Jahre und mehr hatte er auf dem Kühlgitter. Aber er kühlte alles, was man in ihn hineinstopfte: Bier so gut wie Salate, Braten und anderes.
Er war nur noch Bedarfskühlschrank, stand im Keller und wurde benutzt, wenn vor und nach Feiern erhöhter Kühlraumbedarf bestand.
„Schlimm sieht er aus!", befand meine Frau und begab sich, nicht zu Diskussionen darüber bereit, ob das wirklich erforderlich sei, zum Elektrogeschäft, um einen neuen Zweitkühlschrank zu kaufen. Ich sollte derweil den alten, leicht angerosteten Bosch zur Müllannahmestation bringen.
„Warum denn wegwerfen? Er funktioniert doch noch! Es gibt bestimmt junge Leute, die wenig Geld haben und einen Kühlschrank brauchen, sei er noch so alt. Oder Spätaussiedler, Asylbewerber. Arme Menschen eben. Wir können ihn doch in die Zeitung setzen: Zu verschenken!"
„Mach was du willst!", sagte sie und entschwand.
Genau das tat ich. Ich rief bei unserer Lokalzeitung an und bot den Kühlschrank als „alt, aber funktionstüchtig" zum Verschenken an.

Am folgenden Samstag, dem Tag, an dem unser Altbosch in der Zeitung angeboten wurde, klingelte es um fünf Uhr an der Haustür. Es war der Zeitungsmann, ein leicht gehbehinderter Frührentner.
„Ham se den Kühlschrank noch?", fragte er mich grußlos, als ich ihm in Pyjamahose die Tür öffnete.
Woher er denn wüsste, dass ich es sei, der den Kühlschrank ...
„Meine Schwesta is bei de Anzeigenannahme. Die sacht mir imma Bescheid, wenn was Brauchbares umsonst is."
Das erklärte alles. Ich führte ihn in die Abstellkammer, schaltete das Licht an und wenige Sekunden später wieder aus.

„Zu alt! Der frisst zuvill Strom", winkte der Zeitungslieferant nach einem kurzen Blick auf den Bosch ab und begab sich wieder auf den Arbeitsweg.
„Wegen deiner Menschenliebe kann ich nicht mal am Wochenende ausschlafen!", murmelte meine Frau, als ich ins Bett zurückkehrte.

Wenig später hörte ich das Telefon klingeln. Zum Glück war ich noch nicht wieder eingeschlafen. „Guten Tag, hier spricht Frau Heidorn!", meldete sich freundlich eine etwas zittrige, offensichtlich zu einer älteren Frau gehörende Stimme, „Sie verschenken doch einen Kühlschrank?" Nachdem ich dieses bejaht hatte, erklärte sie, keinen Kühlschrank zu brauchen, sie hätte einen und der wäre sehr gut. „Aber haben Sie vielleicht auch einen Farbfernseher zu verschenken?", fragte sie, und als ich dies verneinte, weiter: „Oder einen Video? Den hab ich noch nicht!"
Leider hätte ich auch keinen Videorecorder übrig, entgegnete ich ein wenig barsch.
„Darum müssen Sie doch nicht gleich böse werden, junger Mann! Man wird doch mal fragen dürfen!"
Natürlich dürfe man fragen, erwiderte ich, „aber nicht am Samstagmorgen um viertel vor sechs!"

Nicht, dass ich Angst vor weiteren Anfeindungen meiner Frau hatte: aber ich beschloss, wo ich schon mal munter war, nicht ins Bett zurückzukehren und den langen Tag zu nutzen, um endlich ein paar Sachen zu erledigen, die schon lange auf Erledigung warteten. Mir fiel auf Anhieb nichts ein, was das hätte sein können, aber ich war sicher, wenn ich nur ein wenig suchen und überlegen würde, fände sich schon etwas: Carpe diem!

Gerade stand ich unter der Dusche um anschließend frisch gereinigt ans Tagnutzen gehen zu können, als das Telefon wieder klingelte.

„Du biete kühle Srank an?“, fragte ein Mitbürger ausländischer Herkunft. „Wieviel koste?“, fragte er auf mein „Ja“ zu seiner ersten Frage. Wasser und Seifenschaum liefen an meinen nackten Beinen hinunter und sammelten sich zu kleinen Pfützen auf den Fußbodendielen. Der Kühlschrank koste nichts, sei umsonst, erklärte ich ihm.
Misstrauen: „Wenn nix koste: is kaput?“
Ich war in meiner Ehre gekränkt.
„Ich werde doch keinen kaputten Kühlschrank anbieten!“, entsetzte ich mich.
„Warum nich? Du dann spare Geld für Entsorgung. Wohl bald gehe kaput, deine seiße kühle Srank! Denken, du slau un verßenke alte Srott!“, beschimpfte er mich zunächst auf deutsch und anschließend in seiner mir nicht verständlichen Muttersprache.
Zum ersten Mal fragte ich mich ganz leise, ob ich nicht vielleicht doch besser auf meine Frau gehört hätte.

Ich schaltete das Telefon stumm um endlich ungestört meine Körperpflege beenden, mich ankleiden und frühstücken zu können.
Am von mir gedeckten Frühstückstisch, bei kräftig duftendem Kaffee und frischen Brötchen, die ich aus der Bäckerei geholt hatte, wurde meine Frau wieder freundlicher.
„Schon verschenkt, der Kühlschrank?“, wollte sie wissen.
„So gut wie!“, erklärte ich zuversichtlich und widmete mich der umfangreichen Samstagszeitung.

„Na endlich! Das wurde ja auch mal langsam Zeit! Meinen Sie, ich hab meine Zeit gestohlen? Meinen Sie, ich hab nix Besserers zu tun, als im zwei-Minuten-Takt ihre blöde Telefonnummer zu wählen, bis Sie sich endlich mal dazu bequemen, Ihren Allerwertesten ans Telefon zu tragen?“ Ein mir unbekannter Mensch begehrte meinen gratis abzugebenden Gebrauchtbosch, folgerte ich aus diesen Worten. „Wo issen das?“, fragte er nach kurzem Luftholen. Ich nannte ihm meinen Wohnort und Straße.

„Da? Am Arsch der Welt? Wohl bescheuert! Konntste das nicht mit in die Anzeige reinschreiben? Ich mach doch keine Weltreise wegen einem alten Kühlschrank! Und dafür verplempere ich Zeit und Telefongebühren!“, brüllte er mich an. Und legte auf.

Ich suchte die Telefonnummer der nahegelegenen Müllannahmestelle heraus, rief an und erkundigte mich nach den Öffnungszeiten. Es blieben mir noch gut drei Stunden. Sollte der nächste Anrufer nicht sofort, ohne Fragen und Hintergedanken bereit sein, sich den Kühlschrank abzuholen, würde ich ihn, den Kühlschrank, der fachgerechten Entsorgung zuführen. Heute noch, schwor ich mir.

Wenige Minuten später klingelte das Telefon erneut.
„Ja, guten Tag! Schröder hier. Erwin Schröder. Sie verschenken einen Kühlschrank?“
„Das steht doch so in der Zeitung, oder?“
„Jaja, aber es könnte ja sein, dass schon jemand vor mir ...“
„Wollen Sie den Bosch haben oder nicht?“
„Ja ... natürlich möchte ich ihn haben!“
Na also. Endlich ein Mensch, dem ich eine Freude bereiten konnte.
„Wann würde es Ihnen denn passen?“, fragte der nette Mann.
„Von mir aus: sofort!“, antwortete ich begeistert.
„Gut! Ich wohne in der Ribyckistraße Nummer 7. Das Haus können sie nicht verfehlen, direkt an der Hofeinfahrt steht eine ...“
„Mo—ment!“, entfuhr es mir, „meinen Sie etwa, ich kutschiere den Kühlschrank quer durch die Stadt und trage ihnen das Gerät dann vielleicht noch in den Keller?“
„Oh, das ist sehr nett von Ihnen! Ich hätte nicht gewagt, danach zu fragen, aber meine Bandscheiben ...“
„Wie hätten Sie den Kühlschrank denn gerne gefüllt? Mit Knochenschinken, geräucherter Putenbrust und Lachsfilet? Oder sind sie Vegetarier? Dann würde ich einige erlesene Käsesorten kaufen!“
„Aber warum werden Sie denn so böse, ich hab doch nur ..:“

Ich legte auf, bat meine Frau, mir beim Einladen des Kühlschrankes ins Auto behilflich zu sein, so dass ich ihn sofort zur Müllannahmestelle bringen könne. Was sie, triumphierend lächelnd, tat.

„Das macht zehn Euro!“, erklärte der orangenfarbenbehoste Kleiderschrank, der den Bosch wie nichts vor die Brust klemmte und zu einigen anderen ausrangierten Kühlschränken trug.
„Sieht doch noch ganz gut aus, warum haben Sie ihn nicht in der Zeitung zum Verschenken angeboten? Sie hätten Geld gespart, und es gibt ‘ne Menge arme Leute, die ...“

## Mampfred und Claudius

### Eins

Der Galaktische Hyperraum-Planungsrat hatte geschlampt. Ein wenig zwar nur, aber immerhin. Die Sprengung der Erde, die, wie wir wissen, für den Bau der Hyperraum-Expressroute A7, die später den Namen *Speediconn* bekam und die Reisezeit - selbst für einen älteren Raumfrachter vom Typ Byssink - von Trulla La nach Tifortu auf zwei Erdenjahre verkürzte, hatte kein hundertprozentiges Ergebnis gezeitigt.

Es dauerte knapp fünf Minuten von der ersten Detonation in der Antarktis, was alleine schon ein Verbrechen darstellte - war doch der eisige Kontinent der schönste, weil menschenleerste Fleck der Erde gewesen - bis zur letzten im Zentrum der ehemaligen britischen Metropole. Eine der vielen dazwischen gezündeten Explosionen zerstörte nicht, wie geplant, den gesamten norddeutschen Raum sowie Teile der Niederlande, Polens und Dänemark.
Ein winziger Teil des ehemals blauen Planeten, zudem ein schön anzuschauender, blieb wegen einer pyrotechnischen Unbedarftheit unbeschädigt und drehte weiterhin seine Touren um die Sonne, und, verspielt wie er nun einmal war, um sich selbst, so wie er es seit einigen Milliarden Jahren gewissermaßen an Mutters Brust getan hatte.

Das, was von der Erde übrig geblieben war, hatte einen vertikalen Höchstdurchmesser von 169 m und einen fast kreisrunden Umfang mit einer Fläche von etwa 30 Quadratkilometer. Es handelte sich um den Wilseder Berg und seine malerische Umgebung: Den Totengrund sowie ein Teilstück der Bundesstraße 3 nebst Teilen eines Truppenübungsplatzes.

Auf den ersten Blick scheint das, was vom blauen Planet übrig ist, völlig unbewohnt zu sein. Stellen wir uns aber auf den Gipfel des

Wilseder Bergs – gestern noch ein Hügelchen, von dessen Existenz bestenfalls niedersächsische Schüler aus dem Heimatkundeunterricht oder von stinklangweiligen Wandertagen wussten, heute der höchste Berg der Welt! – und halten die Nase in den Wind, riechen wir etwas, das auf das Vorhandensein mehr oder weniger zivilisierter Menschen schließen lässt - es riecht nach frisch gebrühtem Kaffee. Folgen wir von dort oben dem speichelfördernden Geruch, können wir bloßen Auges in einiger Entfernung auf einem ansonsten verwaisten Touristenparkplatz ein kleineres Hymer-Wohnmobil erkennen. Ein Blick auf die Farbe des Nummernschildes lässt uns erleichtert feststellen: Es ist kein holländisches Fahrzeug.
Begeben wir uns also hin zu dem mobilen Heim, und schauen, wer Adam und Eva, Adam und Adam, oder Eva und Eva der Neuzeit sind.

Vor wenigen Minuten war Mampfred auf der kombinierten Sitz-Schlafbank erwacht. Er sah Claudius, noch mit knappem Nachthemd bekleidet, an der geöffneten Wohnwagentür stehen und gähnend hinausschauen. „Hunger!“, sagte Mampfred, der eigentlich Manfred hieß, aber wegen seiner unbändigen Fresslust und der daraus erwachsenen Figur von Claudius meistens Mampfred genannt wurde.
„Mein Gott – Mampfred!“, seufzte Claudius, die eigentlich Claudia hieß und viel schlanker als ihr Freund war, der sie meistens, albern wie er sein konnte, Claudius nannte „kannst du den Tag nicht mal mit einem halbwegs vollständigen Satz beginnen, der die Begrüßung jenes Menschen, der dir am liebsten ist, darstellt?
Mampfred rieb sich die schlafdicken Augen, sah sich im Hymer um und murmelte: „Mama ist doch gar nicht hier.“ Daraufhin schloss Claudius die Tür, stürzte sich auf ihren dicken Freund und begann eine liebevolle Rauferei, in deren Verlauf sie sehr schnell ihres kleinen Nachthemdes verlustig ging und Mampfred seiner Boxershorts.

Aber das geht uns nichts an und geschah sowieso einige Zeit, bevor wir den Kaffee rochen. Also beenden wir die Rückblende, bevor es Ärger mit der FSK gibt, und schauen Adam und Eva, die vermutlich noch gar nichts von ihrem Schicksal wissen, bei ihrem Frühstück am Tag danach zu.
„Hast du heute Nacht das Rumsen gehört?“, fragte Claudius und biss von ihrem dünn mit Magerquark bestrichenen Knäckebrot ab.
„Mjam, mich blaube, baff kam bom Brubbenühmungsbabbf“, schmatzte Mampfred, immer wieder von seiner doppeldaumendicken Schnitte eines üppig mit Butter und Erdbeermarmelade bestrichenen Heidebrotes, am Vortag bei einem Bäcker in Schneverdingen gekauft, abbeißend.
„Weißt du, was merkwürdig ist?“, fragte Claudius mehr sich selbst als ihr vis à vis, und gab sogleich die Antwort: „Keine Menschen! Ich hab doch vorhin rausgeschaut – keine Menschen, keine Autos! Und das an der schönsten Stelle der Lüneburger Heide an einem herrlichen Frühherbstsonntag um 10 Uhr!“
Mampfred schnitt sich eine weitere Schnitte Brot ab, bestrich sie mit Butter und legte mehrere Scheiben Gouda darauf. „Das ist überhaupt nicht merkwürdig, Dummchen! Sonntags um 10 Uhr sitzen anständige Menschen gut gekleidet in der Kirche - und nicht halbnackt in einem Wohnmobil am Fuße der nordniedersächsischen Alpen!“, erklärte Mampfred und fügte, nachdem er ein großes Stück aus seiner Käsestulle herausgebissen hatte, hinzu: „Hammemuja!“

Claudius hmm-te. Nachdem sie ihre Frühstücksutensilien zusammengeräumt hatte und nun Brettchen, Messer und Tasse im Spülchen des Wohnwagenküchenzeilchens abwusch, schlug sie Mampfred, der bereits die nächste Brotscheibe in Arbeit hatte, über ihre Schulter hinweg vor: „Eigentlich die optimale Gelegenheit, den Berg zu bezwingen, den Gipfel zu erstürmen und sich an der Höhe zu berauschen, oder?“

Mampfred, noch zwischen Serranoschinken und Brie als Belag schwankend, legte die Stirn in Falten. „Mein Großvater", dozierte er, die Bedeutung seiner Aussage mit dem gestreckten Zeigefinger unterstreichend, „mein Großvater, der ein sehr weiser Mann war, pflegte zu sagen: Im Urlaub schaue man sich die Kirchen von außen, die Berge von unten und die Wirtshäuser von innen an – diese Maxime sollte auch für unsere Spätsommerfrische gelten!"

Fünfzehn Minuten später, nachdem sich die Helden dieser Geschichte (und – ohne der Story die Spannung nehmen zu wollen, sage ich schon mal: es werden nicht mehr allzu viele weitere Personen auftreten, möglicherweise, aber wer kann das schon wissen - der Autor am wenigsten - gar keine!) im Duschchen des Hymers geduscht und sich wandermäßig angekleidet hatten, und Mampfred noch etwas Wegzehrung für den geplanten zweistündigen Ausflug zubereitet hatte, standen Mampfred und Claudius vor ihrem für 50 € (netto/täglich) gemieteten Wohnmobil und blickten zur im milden Sonnenschein liegenden Spitze der lokalen geographischen Attraktion.
„Gemma!", bayerte Claudius, nachdem sie sich vom ordnungsgemäß verschlossenen Zustand des Transportgerätes überzeugt hatte.
„Auffi!", legte Mampfred nach.

**Zwei**

Knapp eine Stunde später erreichte Claudius, das Lied von den Bergvagabunden pfeifend, den Höhepunkt. Des Wilseder Berges. Eine weitere Viertelstunde später - Claudius hatte sich, da noch immer weit und breit keine Menschen zu sehen waren, ihres Rockes und ihrer Bluse entledigt und nahm, nur mit Büstenhalter, Schlüpfer und Wanderstiefeln bekleidet, auf einer hölzernen Bank ein Sonnenbad - traf auch Mampfred ein.
Lange, bevor Claudius ihn sah, konnte sie ihn hören. Schweißüberströmt und schwer schnaufend bedeutete er Claudius gestisch und mimisch, sie solle sich auf der Bank nicht so dick machen. Claudius

wechselte aus der Horizontalen in eine sitzende Haltung, Mampfred ließ sich neben sie auf die Bank plumpsen. „Nie wieder!“, keuchte er und wischte sich mit dem Ärmel seines Sweatshirts den Schweiß aus dem Gesicht.
„Das Schlimmste hast du ja nun überstanden, Mannibärchen!“, tröstete Claudius und zog sich zu Mampfreds Bedauern wieder an.
„Ich wäre auch keinen Schritt weitergegangen, jedenfalls nicht aufwärts, Claudimäuschen!“ sagte Mampfred, dessen Atem sich langsam beruhigte.
„Und nun können wir die Ernte unseres Lohnes einfahren, oder den Lohn unserer Mühe ernten – wie sagt man?“, fragte Claudius. Mampfred schüttelte wortlos den Kopf und blickte verzweifelnd gen Himmel.
„Jetzt genieß doch diese wunderwunderschöne meilenweite und unverbaute Aussicht!“, bat Claudius und wies mit einem ihrer kleinen zweiunddreißigjährigen Zeigefinger in Richtung Norden. „Bis Hamburg müssten wir sehen können, vielleicht sogar bis zur Nordsee, bei diesem herrlichen Wetter!“
„Ich weiß nicht …“, murmelte Mampfred und folgte mit einem Blick aus seinen blauen Augen, die ihm schon seit fünfunddreißig Jahren bei der Futtersuche behilflich waren, dem claudiusschen Fingerzeig, „für mich sieht das aus, als wäre einen – nein: zwei kräftige Steinwürfe entfernt die Welt zu Ende!“
„Oller Miesepeter!“, brummelte Claudius, obwohl sie sich eingestehen musste, dass ihr Lieblingsmanfred so unrecht nicht hatte.
„Schau doch mal!“, ergänzte der, nun nach Osten weisend, „da hinten ist die B3, über die wir gestern Abend gekommen sind! Sieht doch so aus, als wäre dahinter gar nichts mehr, oder?“
Claudius mahlte mit dem Unterkiefer und verschränkte die Arme vor der Brust.
„Atmosphärische Störungen, eine Art Fata Morgana, hervorgerufen durch Brechungen des Sonnenlichts in der feuchten Spätsommerluft in Verbindung mit Staubpartikelchen!“, erklärte sie dann voller Überzeugung.

„Schon interessant, was so eine Reisebüroangestellte über geothermische Phänomene weiß!“, staunte Mampfred und nickte anerkennend, was Claudius, die ihren dicken Mampfred schon seit über zehn Jahren kannte, als Verarsche auffasste.
„Verarsch mich nicht, Manni!“, drohte sie.
Dann stellte Mampfred fest: „Kirche ist schon seit mindestens einer Stunde aus, sogar bei den Katholiken. Und weißt du was, meine kleine Wetterfee? Seit fünf Minuten starren wir nun auf das schwarze Asphaltband der Bundesstraße 3. Und was fällt uns auf, Schnäuzelchen?“
Claudius’ stilles Nicken deutete Mampfred völlig richtig als „Es ist kein einziges Auto auf dem normalerweise am stärksten frequentiertesten Verkehrsweg der ganzen Gegend zu sehen!“
„Ich esse ein Brot, und dann gehen wir zurück zum Auto und fahren zur B3. Mal schauen, was es mit deinen atmosphärischen Störungen auf sich hat!“, sagte Mampfred und biss zu.

Bergab ging es schneller. Fast wortlos legten Mampfred und Claudius den Weg zum Hymermobil zurück. Kein Mensch begegnete ihnen; ihrem Wohnmobil gehörte der Parkplatz nach wie vor exklusiv. Nochmals fünfzehn Minuten später waren sie an der Bundesstraße 3 angekommen. Mampfred stoppte den Wagen und ließ ihn mit laufendem Motor mitten auf der Straße stehen. Langsam überquerten sie die Straße sowie einen daneben befindlichen, zehn Meter breiten Grünstreifen, der mit Wacholdern, Kriechkiefern und verblühender Erika bewachsen war.
Danach kam nichts mehr.
Mampfred und Claudius standen an einem Ende der Welt und blickten von dort hinab auf den nachtschwarzen Himmel der anderen Seite.
„Sie hatten recht, die sagten, die Erde sei eine Scheibe!“, sagte Claudius mit belegter Stimme unter Aufbietung der letzten Reserven ihres Humors.
„Aber die anderen hatten auch recht!“, entgegnete Mampfred, ebenso leise: „… und sie bewegt sich doch!“

## Pigur

Pigur leckte sich die Lippen. „Eine Cola jetzt, das wäre fein!“, sagte er. Das wäre kein Problem, entgegnete ich. Zufällig hatte ich eine Dose Coke bei mir, leidlich gekühlt noch, sogar. Ich reichte Pigur die Dose.
„Könntest du vielleicht …“, bat sie mich, und wedelte mit seiner rechten Vorderpfote. Klar, die gewaltigen Ausläufer seiner oder ihrer Hand waren nicht geeignet, um den blechernen Aufreißer einer handelsüblichen Getränkedose zu entfernen. „Wie“, dachte ich bei mir, „bezeichnet man eigentlich die Finger an den Pfoten einer Seeschlange? „Und“, dachte ich weiter, „ist Pigur männlich oder weiblich?“ Damit nicht genug, kam mir ein weiterer Gedanke. „Woher“, fragte ich mich, „weiß ich eigentlich, dass Pigur ‚Pigur' heißt – gesagt hat mir das weder er noch sie noch irgendjemand anderes!“
„Aah – das zischt!“, freute Pigur sich, der meine Coke blitzschnell geleert hatte, indem sie die Dose vor das geöffnete Maul gehalten und mit seiner Pranke zerquetscht hatte, so dass sich ein gebündelter Strahl des schwarzen Zuckerwassers in Pigurs Rachen ergossen hatte. „Allerdings nur ein Tropfen auf den heißen Gaumen …“, fügte Pigur hinzu. Ich hob entschuldigend die Schultern. Natürlich sind 0,33 Liter Limonade nicht sehr viel für eine etwa 20 Meter lange Seeschlange.
„Es ist heute heiß hier, in Naghrat“, sagte ich zu Pigur.
„Es ist immer heiß in Naghrat“, belehrte Pigur mich, „das kommt, weil Naghrat am Toten Meer liegt!“
Den Zusammenhang erkannte ich nicht, schwieg aber. „Genau genommen ist es in ganz Israel immer sehr heiß!“, sprach Pigur mit nachdenklich gefalteter Stirn und warf die zerquetschte Weißblechdose lässig in hohem Bogen über die Schulter in den See, aus dem nur Brust, Vorderpfoten und Kopf des eigentlich ausgestorbenen, beziehungsweise nie gelebt habenden Wesens ragten. Unter der Oberfläche des klaren Wassers waren der lange, schuppige Rücken und der gewaltige, am Ende gezackt geteilte

Schwanz des Amphiben (oder der Amphibin!) zu erkennen. „Gut, dass es hier so heiß ist!“, bemerkte Pigur nach kurzem Schweigen und stach lehrerhaft mit einer Kralle in die Luft. „Sonst kämen am Ende gar keine Touristen mehr nach Israel und Naghrat!“ Wohl wahr, dachte ich und fragte mich, warum ich eigentlich in Naghrat war. Ich fühle mich in heißen Ländern nicht wohl, fühle mich noch unwohler in Ländern, in denen alle naslang eine Autobombe explodiert. Außerdem mag ich keinen Pauschalurlaub – dennoch hatte ich vierzehn Tage in einem Hotel in Naghrat gebucht, Halbpension sogar. Warum also war ich überhaupt nach Naghrat gereist? Nach Naghrat, das in keinem Atlas, nicht einmal auf der israelischen Generallandkarte zu finden ist?
„Weil's Naghrat nicht gibt!“, antwortete Pigur. Pigurs Antwort auf meine ungestellte Frage überraschte mich.
„Ja, kann ich!“, beantwortete Pigur auch meinen nächsten Gedanken. „Und weil du es wissen wolltest: Ich bin sowohl männlich als auch weiblich!“
„Ach …“, entfuhr es mir.
„Das muss dir nicht peinlich sein!“, sagte Pigur beruhigend. „Es lebt sich gut damit, hat sogar wesentliche Vorteile gegenüber der Eingeschlechtlichkeit, wenn du verstehst, was ich meine!“
Bemerkte ich da ein leichtes, um nicht zu sagen: ein frivoles Grinsen in Pigurs grünem Gesicht?
„Ich muss dann mal wieder …“, seufzte Pigur und schickte sich an, in die Tiefen seines Sees, den ich zufällig bei einem Spaziergang vor den Toren Naghrats entdeckt hatte, zu tauchen. „Danke für die Coke“, sagte die Seeschlange, rülpste leise und gab mir diesen Rat: „Sieh zu, dass du vom ersten in den achten Stock deines Hotels umziehst - heute noch! Das Tote Meer …!“, orakelte Pigur. Es platschte gewaltig, heftige Wellen schlugen an die Ufer des Sees. Von Pigur war nichts mehr zu sehen.

Auch wenn mir der Grund für Pigurs Rat schleierhaft war, beschloss ich doch, ihn zu befolgen. Und während ich etwas später meinen Koffer in den Fahrstuhl des Hotels stellte und auf die 8 drückte, fragte ich mich erneut, woher ich eigentlich wusste, dass Pigur ‚Pigur' heißt.

## Pilze suchen

Pilze suchte ich: Maronen, Steinpilze, Pfifferlinge – ich suchte Pilze!
Ungewöhnlich mild war der Nachmittag im frühen Oktober. Nein – eigentlich doch nicht, ist der Oktoberanfang hier doch oft golden und sonnenverwöhnt. Das ist gut für das Wachstum der heimischen Speisepilze. So war mein Korb schnell reichlich gefüllt; einige Pfund meiner Lieblingspilze versprachen ein schmackhaftes Abendessen: Gebratenes Pilzallerlei, garniert mit Speck und Zwiebeln. Allerdings hatte dem noch das stundenlange und wenig erfreuliche Putzen der Ernte vorauszugehen; nicht nur musste sie von Tannennadeln, Grashalmen, Moos, Schnecken, Tausendfüßlern und anderem Getier befreit werden, sondern auch von Maden und den von ihnen verdorbenen Pilzteilen. Wie jeder Pilzsammler kenne auch ich Stellen in unseren Wäldern, die fast immer üppige Ausbeute versprechen. Einen der ertragreichsten Pilzgründe wollte ich noch aufsuchen. Ich war sicher, dort meinen Korb schnell bis an den Rand füllen und anschließend den Heimweg antreten zu können. Als ich die kleine entlegene Lichtung erreichte, in deren Mitte eine riesige Kiefer thront, leuchteten mir schon etliche braune Kappen, alle feucht von den Oktobernebeln, die sich im Wald auch tagsüber nie ganz auflösen, angestrahlt von der milden Sonne. Mit meinem Messer begann ich zu ernten, schnitt die Stiele kurz über dem moosigen Boden ab; so bleibt das zarte Wurzelgeflecht unversehrt und kann im folgenden Jahr wieder Früchte treiben. In unmittelbarer Nähe der uralten Kiefer fiel mein Blick auf etwas, das ich dort, im Wald, auf weichem Grund zwischen einer kleinen Gruppe von Maronen, nicht erwartet hätte - ein Handy.

Ich setzte meinen fast gefüllten Korb ab und ließ mich auf dem Waldboden nieder. An den Baumstamm gelehnt begann ich, das Telefon zu untersuchen. Vielleicht, dachte ich, finde ich irgendeinen Hinweis auf den Besitzer, und kann es ihm, der es zweifellos beim Pilzsammeln verloren hatte, zurückgeben! Es war das Modell eines finnischen Herstellers, meinem eigenen Handy in Aussehen und Funktion sehr ähnlich - allerdings, so wusste ich, deutlich billiger. Und es war sogar noch angeschaltet. Eine Eigenart vieler Handybesitzer, die auch ich pflege, fiel mir sofort ein: Die wichtigste, am häufigsten gewählte Telefonnummer, also in der Regel die des eigenen Hausanschlusses, als sogenannte Kurzwahl auf der ersten oder zweiten Taste zu speichern. Ein kurzer Daumendruck auf die mit „1“ gekennzeichnete Taste - im Display leuchtete das Wort „Mailbox“ auf, begleitet von einem wandernden Pfeil, der den Rufaufbau signalisierte. Kurz darauf erklärte mir eine weibliche Automatenstimme, ich sei mit der Mailbox von Werner K. verbunden. Sofort unterbrach ich den Wählvorgang. Ich bin nicht indiskret; anderer Leute Briefkästen, und seien sie elektronisch, gehen mich nichts an. Dann drückte ich die mit „2“ und der Buchstabenfolge „ABC“ beschriftete Taste. Und diesmal erklärte mir die Leuchtanzeige, dass nun ein Rufaufbau zu dem Telefonanschluss mit dem sprechenden Namen „Zuhause“ erfolge. Ich war ein wenig stolz auf mich, schon gleich, oder – falls er momentan nicht daheim sei, nur ein paar Stunden später, würde ich den traurigen Handyverlierer beruhigen und wieder fröhlich stimmen können!

Ich hielt das Mobiltelefon ans Ohr und lauschte dem Freizeichen, das schließlich von einem Knacken beendet wurde. Nicht Werner K. meldete sich, sondern eine Frauenstimme - eine hörbar erregte Frauenstimme. Sie meldete sich aber nicht so, wie man es gewohnt ist, sondern begann ohne Einleitung auf mich einzuschimpfen: „Aha! Hast du dich also endlich besonnen und willst dich bei mir entschuldigen, du mieses Stück?“ Scheinbar, wurde mir sofort klar, verfügt die Dame über ein Telefongerät, welches die Telefonnummer des Anrufenden anzeigt. Erstaunt und ein wenig erschrocken über diese unwirsche Begrüßung wollte ich sofort erklären, dass ich nicht der sei, für den sie mich hielt. Aber

sie gab mir keine Gelegenheit und schimpfte weiter: „Lange hast du es ja nicht ausgehalten! Wie ich es mir gedacht habe! Erst große Reden schwingen, den starken Mann markieren und mir erklären, du hättest genug von mir und meinen Launen, den ständigen Erniedrigungen und Demütigungen! Launen - pah! So einem Jammerlappen, einem Schlappschwanz wie dir muss man öfter was zwischen die Hörner geben, die Meinung geigen und erklären, wo es lang geht! Du bist viel zu verträumt, wankelmütig und schusselig, um eigene Entscheidungen zu treffen! Und das war schon immer so - sagt deine Mutter auch!"
Ein wenig unwohl fühlte ich mich dabei. Ich kam mir vor wie der Lauscher an der Tür, der klopfenden Herzens und schlechten Gewissens fremdem, seinen Ohren nicht geltendem Gespräch lauscht. Aber was sollte ich tun? Die Frau steigerte sich immer weiter hinein in ihre mit viel Häme vorgetragene Strafpredigt:
„Was hast du mir immer vorgejammert, wie schlecht sie dich behandelt hätte, die viele Prügel, die du von ihr bekommen hast! Nicht zu viel – viel zu wenig! So sieht das aus! Es reicht nicht, dir zu erklären, was du alles falsch gemacht, vergessen oder verbockt hast, dir muss man alles Einbläuen! Alles - sonst begreifst du es nie!"
Werner K., obwohl ich ihn nicht kannte, begann, mir Leid zu tun.
„Und wo steckst du jetzt? Deiner Mutter bist du nicht unter den Rock gekrochen, das hätte sie mir verraten! Geld hast du keins, Klamotten hast du nicht mitgenommen, und der Tank deines Autos war fast leer! Gut, dass ich dir immer nur das allernötigste an Taschengeld gegeben habe! Großer Gott – was hättest du wohl mit mehr Geld angestellt! Es den Versagern, die in der Fußgängerzone herumlungern, in den Hut geworfen, irgendwelchen Gutmenschen gespendet oder dir sogar am Ende wieder Bücher davon gekauft!"

Wenn ich Werner K. finden würde, versprach ich ihm und mir in dem Moment - er bekäme uneingeschränktes und unbegrenztes Asyl bei mir. Die Stimme der Frau K. bekam nun, was ich nicht

für möglich gehalten hätte, einen noch kälteren, boshafteren und bedrohlicheren Unterton: „Egal, wo du bist – du kommst jetzt nach Hause, und zwar sofort! Und dann reden wir weiter!"
Ein erneutes Knacken im Handy signalisierte mir die Beendigung des Gespräches durch Werner K.'s Gattin. Einige Sekunden - vielleicht auch eine Minute lang saß ich da, still, reglos, und starrte den kleinen Fernsprecher an.
„Was gibt es für arme Menschen auf der Welt", ging es mir durch den Kopf, „nicht arm im herkömmlichen Sinn, sondern arm, was ihre unverschuldeten Lebensumstände angeht." Und eingedenk der Tatsache, dass mein Schicksal mir ein weitaus erfreulicheres Leben ermöglicht hatte, erneuerte und bekräftigte ich das mir und Werner K. vor wenigen Minuten gegebene Versprechen: „Wenn ich dich finde, Werner – und ich werde dich finden – verstecke ich dich vor dem Drachen, so wahr mir Gott helfe!"
Um dieses Gelübde zu untermauern, und um den Beistand des Weltenlenkers in dieser Mission zu erbitten, richtete ich meinen flehenden Blick durch das Nadelgrün und Geäst der stolzen Kiefer himmelwärts. Und blickte auf die Schuhsohlen von Werner K.

Drei Jahre sind seitdem vergangen.
Anfangs war meine Frau skeptisch. Einen Wildfremden, auch wenn er auf seine schüchterne, zurückhaltende Art sehr sympathisch wirkt, im Haus aufzunehmen, ihn zu verstecken - das erschien ihr beinahe kriminell. Mitleid - ja, das hatte sie auch. Ich berichtete ihr das Wenige, was ich bei dem Telefongespräch über Werner erfahren hatte, und das bisschen, was er mir zudem aus seinem Leben erzählte, als er neben mir im Moos unter der großen Kiefer saß. Zum Glück hatte ihm an jenem Tag in letzter Sekunde das entscheidende Fünkchen Mut gefehlt, das nötig gewesen wäre, um loszulassen. So fand ich ihn: Zwar den Strick um den Hals, aber beide Hände krampfhaft um den Ast geklammert, an dem das andere Ende des dünnen Seiles befestigt war.
Nein, Werner erzählt nicht gerne, und schon gar nicht über sich. Er liest viel; meine Bibliothek bietet Lesefutter für Jahrzehnte.

Sein Essen und seine kleine Wohnung: Zimmer und Bad unseres Sohnes, der schon vor Jahren auszog, bezahlt Werner durch Arbeiten in Haus und Garten. Er ist Hausmeister, Gärtner, Tierpfleger und - wenn wir verreist sind: Wachdienst. Ein stiller, bescheidener Majordomus – das ist Werner. Er geht nie aus, nicht ins Kino, nicht ins Theater und Einkaufen schon gar nicht. Er fürchtet, dabei auf seine Frau oder andere Bekannte zu treffen und wieder sein altes, abgelegtes Leben leben zu müssen.

Nur selten, und nur im Herbst verlässt Werner sein Versteck. Im Oktober, wenn die Sonne den feuchten Waldboden mit letzter Kraft erwärmt und ihm die wohlschmeckenden Früchte entlockt, dann treibt es Werner in den Wald. Dort streift er stundenlang umher, und sucht Pilze: Maronen, Steinpilze und Pfifferlinge.

# Timotius Bakker

Ein wenig sah er aus wie Cat Stevens. Ja, wie Cat Stevens ohne Bart. Langes, dunkles, lockiges Haar, eine schmale Nase, sinnliche Lippen, Augen, in denen ein Mädchen versinken konnte. Groß war er, schlank war er. Und er sprach mit einem betörenden holländischen Akzent.

Die Schülerinnen und Schüler der 10b packten ihre Schulsachen ein. Die Jungs laut und polternd, wie losgelassene junge Hunde. Die Mädchen ein wenig leiser, tuschelnd, kichernd.
Nur Karin, Sigrid und Sabine, die sich mit Linda, der langen Linda, eine der Bänke in der hinteren Reihe teilten, unterhielten sich angeregt.
„Ich treffe mich heute Nachmittag mit Bodo vorm ‚Luxor', wir wollen uns ‚Easy Rider' ansehen!", erzählte Sigrid, nachdem die Schulglocke das Ende des Unterrichts verkündet hatte.
„Oh, der Film ist gött-lich!", sagte Sabine und schloss vor Wonne die Augen, wie immer, wenn sie etwas göttlich, superb oder einfach toll fand. „Ich hab ihn schon dreimal angesehen, zusammen mit Ingo!"
„Na, wenn ihr beide ihn euch noch dreimal anseht, wisst ihr vielleicht in etwa, worum es geht!", fiel Karin, die Älteste der Klasse, ein. Sie zwinkerte Sabine zu und brach gemeinsam mit ihr und Sigrid in lautes Lachen aus.
„Ach, mein Ingo, der ist toll!", schwärmte Sabine augenrollenderweise. „So zärtlich, immer lustig, immer gut gelaunt ... Nur, dass er seine Hände nicht bei sich behalten kann, sobald er mit mir allein ist ...!"
„Und? Was stört dich daran?", fragte Karin, frivol grinsend, als die drei schon über den Schulhof schlenderten, gefolgt von der stillen Linda. Ein Hupen verhinderte Sabines Antwort, die darin bestanden hätte, dass gar nichts daran sie störte, dass sie es sogar sehr gerne hatte, wenn er seine Hände auf Wanderschaft schickte.

„Da ist Charly – Tschüss, ihr drei Hübschen!", rief Karin noch und lief auf den vor der Einfahrt zum Schulhof geparkten VW-Käfer ihres Freundes zu.

Linda kannte die Gespräche ihrer Freundinnen zur Genüge. Es gab fast nur das eine Thema: die Freunde ihrer Freundinnen. Was ihre Liebsten sagen, tun, wissen, können oder vorhaben. Welche Filme sie sich mit ihren Freunden angesehen haben, was sie am Wochenende mit ihren Freunden unternehmen wollen, welche hübschen Geschenke ihre Freunde ihnen gemacht haben, was für unglaublich witzige Bemerkungen ihre Freunde zum Besten gegeben haben. Als wenn es nichts anderes im Leben gäbe, dachte sich Linda dann oft, ohne genau zu wissen, was es anderes Erzählenswertes geben sollte.

„Na - und du, Linda?", fragte Sabine und lächelte ein wenig hinterhältig, „so groß und schlank und blond und hübsch – und immer noch kein Freund in Sicht?"
„Weißt du, manchmal denken wir, du magst keine Jungs!", fügte Sigrid hinzu, ein wenig zickig.
„Das sind nicht meine Freundinnen ...", ging es Linda durch den Kopf. „Ich muss laufen, damit ich meinen Bus kriege. Tschüss, bis morgen!", verabschiedete sich Linda von ihren Klassenkameradinnen und lief los. Sie hatte das Gefühl, dass die beiden hinter ihrem Rücken über sie lächelten und spotteten, sie spürte es. Und es stimmte auch.

Später, am Abend, in ihrem Zimmer, bei Schummerlicht und den Klängen von *Lady d'Arbanville* dachte Linda über sich, ihre Freundinnen und die Jungs nach. Es stimmte nicht, was Sigrid und Sabine gemutmaßt hatten, es war nicht so, dass sie keine Jungs mochte. Im Gegenteil. Sie fühlte sich zu ihnen hingezogen und träumte oft von einem Freund, schon lange, von einem richtigen, lieben Freund. Aber der sollte anders sein als die pickligen, naseweisen Lieblinge ihrer Klassenkameradinnen. Er sollte älter sein als sie, klug, und ein Künstler, ein Musiker vielleicht. Ein Gitarrist, ein Sänger, wie Leonard Cohen, wie Cat Stevens. Oder ein Schriftsteller. Ja, ein Schriftsteller, ein Dichter, ein Poet, ein Lyriker. Einer, der Gedichte schreibt, Balladen ... Eine ihrer Lieblingsballaden kam Linda in den Sinn, die sie auswendig konnte, die sie – völlig unverständlich für ihre Freundinnen – gerne auswendig gelernt hatte, wie viele andere Gedichte auch:

*Da hört man auf den höchsten Stufen*
*auf einmal eine Stimme rufen:*
*„Sieh da! Sieh da, Timotheus,*
*die Kraniche des Ibykus!“* -
*Und finster plötzlich wird der Himmel,*
*und über dem Theater hin*
*sieht man in schwärzlichtem Gewimmel*
*ein Kranichheer vorüberziehn.*

Timotheus ... was für ein Name: „Der Gott Ehrende“, hatte sie damals gelernt. Ein Freund musste keinen schönen, ausgefallenen Namen haben, das war nicht unbedingt erforderlich. Aber schaden konnte es auch nicht. Viel wichtiger war ihr: Er müsste Holländer sein! Nicht Spanier, nicht Italiener, nicht Südamerikaner – nein, Linda wollte keinen heißblütigen Südländer. Sie wollte einen Niederländer! So wie jenen, der samstags auf dem Markt der kleinen Stadt steht und Blumen verkauft. Das Firmenschild auf seinem Lastwagen weist den langen Kerl als Jan Bakker aus Utrecht aus. Seinen Kunden erzählt Jan, der ein Witzbold und Charmeur ist, gerne scherzhaft, er sei der verstoßene Sohn Piet Bakkers, des weltgrößten Blumenhändlers. Nicht Jans Aussehen war es, was Linda mochte, sondern sein bezaubernder Akzent. Diese sprachliche Attitüde, die selbst das harte „R“ weich rollte, die leise, tiefe Stimme, die melodisch säuselte wie der Wind über den flachen Niederlanden. Eine Zunge, die sanfte, weiche Laute formte - konnte so ein Mund laut werden? Böses sprechen? Lügen?

Nein, Linda war sicher - aus einem holländischen Mund konnten nur Worte der Liebe und der Zärtlichkeit kommen.
Das würden ihre so genannten Freundinnen nie verstehen können - dass Eine sich aufhebt, sich nicht dem ersten Besten an den Hals wirft, sich nicht mit zweiter Wahl zufrieden gibt. Sollten ihre Freundinnen sie belächeln und verspotten. Es war ihr egal!
Nein ...
Das war es nicht.
Linda ärgerte sich über die Sticheleien ihrer Freundinnen. Sie wollte sich nicht mehr länger ärgern lassen. Ihre Freundinnen sollten sich wundern! Das Spotten sollte ihnen vergehen.
Linda schaltete das Licht aus. Im Hinübergleiten ins Traumland hörte sie einen sanft gezupften Gitarrenakkord und eine sonore, rollende Stimme: „Hallo Linda, ich bin es, Timotius ...“

Linda saß im Bus, der Motor lief. Fahrer und Insassen warteten die Verabschiedung der letzten drei Mädchen von ihren Freunden ab. Nach einer Aufforderung der begleitenden Lehrerin hupte der Busfahrer schließlich. Und endlich löste sich Karin aus Charlys Armen, Sigrid von Bodo und Sabine gab ihrem Ingo einen letzten Kuss. Kurz darauf ließ Karin sich neben Linda in den Sitz fallen und winkte dem zurückbleibenden Freund zu. Sigrid und Sabine taten das Gleiche auf dem Doppelsitz hinter ihr. Linda konnte hören, wie sie ihren Freunden Kusshändchen zuwarfen. Ein nervtötendes Geschnatter setzte ein: Hoffnungen, dass die Freunde treu blieben und ihre Mädchen nicht vergessen in der langen Woche, in der sie auf Schulabschlussfahrt waren. Dass die Mädchen nicht wüssten, wie sie es eine Woche lang ohne die Küsse und Zärtlichkeiten ihrer Freunde aushalten sollten, jammerten sie sich vor. Von Befürchtungen, vor Sehnsucht kaum schlafen zu können während der endlos scheinenden Woche, war die Rede.
„Du hast’s gut, Linda!“, seufzte Sabine, „diese Sorgen hast du nicht!“

„Nein ...“, antwortete Linda leise und blickte durch die Scheibe des Busses auf die vorbeiziehenden Häuser ihres Städtchens. „Die Sorge, dass er mir untreu wird oder mich vergisst, hab ich nicht. Weil ich weiß, dass er mich wirklich liebt!“
Karins Unterkiefer klappte hinunter. Sabine und Sigrid erschienen gleichzeitig über der Rückenlehne des Sitzes.
„Wer?“, fragten die drei im Chor.
„Timmi, Timotius, mein Verlobter!“, entgegnete Linda lächelnd.
„Du bist verlobt? Nicht nur einfach einen Freund, verlobt bist du?“ Karin konnte es nicht fassen. Und auch Sigrid fiel aus allen Wolken: „Warum hast du uns nie davon erzählt? Wer ist es?“
Sabine lächelte. „Diese kleine Heimlichtuerin, immer still und leise ...!“, tadelte sie, und drohte Linda augenzwinkernd mit dem Finger. „Da hast du uns ja einiges zu erzählen auf dem Ausflug! Und ich hatte schon befürchtet, es könnte eine langweilige Woche werden!“

Linda ahnte nicht, was sie begonnen hatte. Sie hatte nur Ruhe vor den Sticheleien der anderen haben wollen, sie wollte deren Vermutungen den Boden nehmen. Das Interesse der Mädchen an Timotius überraschte sie; aber schnell bemerkte Linda auch einen gewissen Stolz, eine stille Freude darüber, der Grund für und die Herrscherin über die Neugier ihrer Freundinnen zu sein.
Tatsächlich war es ihr oft, als gäbe es den erträumten Verlobten wirklich; oft wachte Linda morgens auf und war nicht sicher, ob sie seine Schmeicheleien und Liebesschwüre, seine Liebkosungen und Zärtlichkeiten nur geträumt hatte, oder ob Timotius in der Nacht wirklich bei ihr gewesen war, ihr etwas auf der Gitarre vorgespielt und dazu leise gesungen, sie mit Küssen überhäuft und mit Zärtlichkeiten verwöhnt hatte. Immer häufiger verschwammen Traum und Wirklichkeit ineinander. Und hatten sie sich nicht in den Nächten immer wieder über ihre gemeinsame Zukunft unterhalten?

„Ich darf das eigentlich nicht erzählen, dass wir verlobt sind, ich hab's ihm versprochen. Außer euch weiß niemand davon, bitte behaltet es für euch!", sagte Linda leise.
„Auf uns kannst du dich verlassen!", versicherte Sigrid ihr und schaute sich verschwörerisch um. Die anderen Klassenkameraden waren miteinander beschäftigt, niemand schien sie zu belauschen.
„Das klingt ja richtig abenteuerlich!", stellte Karin fest und sah sich ebenfalls nach möglichen Spionen um.
„Nun erzähl doch schon!", forderte Sabine sie auf.
„Bitte – drängt mich nicht. Ich erzähl euch heute Abend in der Jugendherberge mehr, wenn wir alleine sind. Hier könnten andere mithören!"
Das sahen die drei ein. Sie lenkten das Gespräch wieder auf ihre eigenen Freunde, nur manchmal machten sie eine anzügliche Bemerkung in Richtung Linda, leise und nicht böse gemeint. Linda quittierte das mit einem Lächeln und dem Zeigefinger, der die Lippen verschloss.
Angst, sich zu blamieren, zu verraten, hatte sie nicht. Dafür war Timotius schon ein zu einflussreicher Bestandteil ihres Lebens geworden. Nein, Angst hatte sie nicht. Sie freute sich darauf, von ihrem Verlobten zu erzählen, ihrem heimlichen Verlobten, Geliebten und Liebhaber, ihrem Timmi, ihrem Timotius.

„Wo habt ihr euch kennen gelernt?", fragte Karin, kaum dass sie im Bett lag. Die vier Mädchen teilten eines der Zimmer in der Jugendherberge am Fuße des Feldbergs. Lange hatte die Fahrt mit dem Bus dorthin gedauert. Nach der Ankunft aßen die ausgehungerten Schüler gemeinsam Abendbrot – lecker war es: Deftiges Landbrot und würziger Schwarzwälder Schinken. Anschließend ein kleiner Spaziergang in der näheren Umgebung, und dann gaben Karin, Sigrid und Susanne große Müdigkeit vor, die sie daran hinderte, an den weiteren Geselligkeiten des Abends teil zu nehmen.

„Auf dem Weinfest im letzten Jahr haben wir uns zum ersten Mal gesehen. Und es war Liebe auf den ersten Blick, wisst ihr? Wir sahen uns in die Augen und wussten sofort, dass wir füreinander bestimmt sind“, erzählte Linda verklärten Blickes.
„Meine Güte, dass es so was gibt ...“, murmelte Sabine, „sowas kenne ich nur aus den Heftromanen meiner Mutter!“
Mittlerweile lagen die vier Mädchen in ihren Betten, nur eine große Kerze spendete sanftes Licht. Aus Lindas Kassettenradio sang Cat Stevens:

*Chop me some broken wood*
*We'll start a fire*
*White warm light the dawn*
*And help me see*
*Old Satans tree.*
*Katmandu -*
*I'll soon be seeing you ...*

Linda ignorierte Sabines Bemerkung. „Seit dem haben wir uns jedes Wochenende getroffen, und manchmal auch in der Woche, immer heimlich, natürlich. Er wohnt ja nicht sehr weit weg, nur eine halbe Autostunde hinter der holländischen Grenze, und ein Auto hat er auch!“
„Und wann habt ihr Euch verlobt?“, wollte Karin wissen.
„Vor zwei Monaten haben wir uns geschworen zu heiraten, gleich nachdem ich mit der Schule fertig bin!“
„Ich hab nie einen Ring an deinem Finger gesehen!“, stellte Karin fest.
„Nein, wie denn auch. Ich sagte doch, wir sind heimlich verlobt. Den Ring habe ich versteckt, zuhause. Niemand darf wissen, dass wir verlobt sind!“
„Du bist sechzehn, wenn du mit der Schule fertig bist. Wie alt ist dein Timmi? Und wo wollt ihr heiraten? Du musst einundzwanzig sein, um heiraten zu können!
„Aber nicht in Gretna Green!“

„Gretna Green!“, entfuhr es den dreien, wieder wie im Chor.
„Ja, es war Timmis Idee. Er wusste, dass man in dem schottischen Dorf schon viel früher getraut werden kann, mit sechzehn, oder fünfzehn, sogar. Er ist zwanzig und darf hier auch nicht heiraten. Aber in Gretna Green. Dort wird man vom Dorfschmied getraut, stellt euch vor! Und wenn wir da sind, bleiben wir in Schottland. Vielleicht gehen wir aber auch nach Torremolinos, oder noch weiter weg, nach Marrakesch oder Katmandu. Wir kommen jedenfalls nicht mehr zurück nach Deutschland oder in die Niederlande!“
Sigrid legte die Stirn in Falten. „Und wie kommt ihr dahin, nach Gretna Green und weiter weg? Wovon wollt ihr leben? Und warum darf eigentlich niemand davon erfahren, dass ihr ein Paar seid?“
Einen Moment lang kniff Linda die Lippen zusammen, überlegte. „Mit seinem Auto kommen wir dahin. Er hat einen Porsche, einen roten Porsche, und den ...“
„Einen roten Porsche?“ Karin setzte sich ruckartig im Bett auf. Misstrauisch sah sie zu Linda hinüber.
„Willst Du uns verkohlen, Linda?“ fragte sie leise und zögernd.
Linda lächelte: „Nein, das will ich nicht Ich habe wohl schon zu viel erzählt, und ihr glaubt mir sowieso nicht. Aber das ist auch egal. Ich bin müde, schlaft gut. Gute Nacht!“, wünschte sie und drehte sich zur Wand.
„Ach komm, Linda, so war es nicht gemeint! Aber du musst zugeben, es ist schon merkwürdig, dass du einen Jungen kennenlernst, der einen Porsche fährt! Die meisten Jungs hier fahren in dem Alter einen Käfer, eine Ente oder einen R4, bestenfalls einen Kadett! Aber einen Porsche ...“
„Ich erzähl’s euch morgen!“, murmelte Linda. Dann schlief sie ein.

„Du darfst ihnen nicht zuviel erzählen, Linda! Sie sind Klatschtanten, so sagt ihr doch, oder?“
„Oh – Timmi, schön, dass du wieder da bist! Ja, so sagen wir, du kennst unsere Sprache sehr gut! Komm, leg die Gitarre aus der

Hand und komm zu mir, du Lieber, ich mach dir Platz ... Sie werden es nicht weiter erzählen, sie haben es mir versprochen. Und irgendjemandem musste ich von dir und mir erzählen, Timmi, sonst platze ich! Es ist so schwer, dass wir uns immer nur heimlich sehen können, nur nachts, und ich sehne mich so nach dir und deinen Küssen!"
„Und ich sehne mich nach deinen Küssen, Linda!"
Küssend, schmusend und mit langen Gesprächen verbrachte Linda auch diese Nacht.

Am nächsten Tag stand ein Ausflug in das Elsass auf dem Programm. Zum Abschluss der Tagesreise hatte die 10b eine zweistündige Freizeit in Colmar. Die vier Mädchen suchten und fanden ein kleines, etwas außerhalb gelegenes und sehr ruhiges Café, vor dem sie sich an einen der freien Tische in die milde Nachmittagssonne setzten. Bei Rotwein und Weißbrot ließ Linda sich nicht lange bitten und begann zu erzählen.
„Ich hab euch ja gesagt, dass wir es geheim halten müssen. Das ist so, weil Timotius' Vater es nicht wissen darf, er würde dem nie zustimmen, schlimmer noch - er würde Timmi den Porsche wegnehmen, den er ihm zum achtzehnten Geburtstag geschenkt hat, und er würde seinen Sohn im Haus einsperren. Timmi soll einmal das Familiengeschäft übernehmen, versteht ihr?"
„Was für ein Geschäft ist das?", fragte Sigrid und nippte am Wein.
Linda holte tief Atem und beugte sich über den Tisch zu den dreien vor: „Piet Bakker – sagt euch der Name etwas?"
„Ja, sicher, der holländische Blumenhändler! Meine Eltern bestellen bei ihm alle Pflanzen für unseren Garten!"
„Ja, genau - der ist's! Und Timmi ist sein Sohn, sein einziges Kind: Timotius Bakker. Und ihr könnt euch wohl vorstellen, dass sein Vater nicht davon begeistert wäre, wenn sein einziger Sohn und Erbe ausgerechnet ein nicht besonders reiches Mädchen aus Deutschland heiraten würde!"
Karin lehnte sich im Stuhl zurück, legte ein Bein über das andere und den Kopf auf die Seite.

„Nicht, dass ich dir nicht glaube, Linda. Aber du musst schon zugeben, dass das alles sehr merkwürdig ist, nicht? Das klingt alles nach Courts-Mahler. Zeig uns doch mal ein Foto von deinem Timmi!“
„Dann glaubt ihr mir halt nicht! Ein Foto von ihm habe ich. Er sieht ein wenig aus wie Cat Stevens, aber ohne Bart. Ich hab das Foto zuhause, ich hab’s versteckt. Außerdem habe ich Timmi geschworen, es niemandem zu zeigen!“
Linda trank ihr Glas aus, stand auf, ging in das Cafe und bezahlte. Karin, Sigrid und Sabine sahen sich wortlos aber vielsagend an.

„Siehst du, Linda? Ich hab dich gewarnt: erzähl deinen Freundinnen nicht zuviel, besser gar nicht von uns!“
„Ja, du hattest wohl Recht, Tim. Aber nachdem wir im Straßencafé gesessen hatten, habe ich ihnen nichts mehr erzählt. Ich habe überhaupt nicht mehr mit ihnen gesprochen. Sollen sie doch glauben, was sie wollen, ich spreche nicht mehr mit den albernen Gänsen!“
„So ist es gut mein Lieb ... Komm, nimm mich in den Arm und streichle mich ...“

Die Tage und Nächte in der Jugendherberge und bei den Ausflügen in den Schwarzwald, in seine schönen Städte und Dörfer, an den Rhein, auf den Belchen, zum Kaiserstuhl vergingen, ohne dass Timotius Bakker noch einmal erwähnt wurde. Weder fragten Karin, Sabine und Sigrid danach, noch erzählte Linda von ihm. Das Verhältnis zwischen den Mädchen hatte sich abgekühlt. Gespräche beschränkten sich auf das Notwendigste, auf Höflichkeitsfloskeln, auf Allgemeines: „Würdest du mir bitte die Erdbeermarmelade reichen?“ „Seht mal, das ist das Haus, in dem Dr. Faustus mit dem Tintenglas nach dem Teufel geworfen hat!“
„Bin ich froh, dass wir morgen wieder zurück fahren!“

Am letzten Abend, dem Donnerstagabend, feierte die Klasse Abschied vom Schwarzwald. Die Klassenlehrerin hatte nichts dagegen, dass die Schüler Bier und Wein eingekauft hatten. Nur Schnaps war verboten. Und so saß die Klasse lange im großen Speise- und Aufenthaltsraum der Jugendherberge beieinander. Sie erzählten sich Anekdoten aus den gemeinsam verbrachten Schuljahren. Das große Stereoradio spielte Musik, einige tanzten, einige schmusten, Liebespärchen hatten sich gebildet.
Linda, Karin, Sigrid und Sabine saßen wieder beisammen. „Die vier Unzertrennlichen", witzelte die Lehrerin, was den vier Mädchen ein Lächeln entlockte. Still war es am Tisch. Die Mädchen summten und sangen die Lieder mit, beobachteten andere beim Tanzen, tranken hin und wieder vom süffigen Badischen Wein, der nach und nach die Zungen löste und die Wortlosigkeit zwischen den Vieren beendete. Karin freute sich auf ihren Freund, Sigrid konnte es nicht erwarten, dem ihren wieder in den Armen zu liegen, und Sabine war sicher, ein tolles Wochenende mit Ingo vor sich zu haben. Linda hörte ihren Freundinnen zu.
Karin war es, die auf das seit Tagen nicht mehr angesprochene Thema kam. Das Thema, über das sich die drei ausführlich unterhalten hatten, wenn Linda nicht zugegen war. Ihre Neugier war gewaltig.
„Sag mal Linda, was mich interessiert, du wolltest es uns noch erzählen - wovon wollt ihr leben, wenn ihr in Schottland seid, oder sogar in Nepal?"
Linda zierte sich. „Ihr glaubt mir sowieso nicht und wollt euch nur lustig machen!"
„Ach – nein! Es tut mir Leid, dass ich so misstrauisch war. Aber es klingt ja alles auch sehr ... abenteuerlich, eben. Nun komm schon, sei nicht so!", redete Karin auf Linda ein, ihre Bedenken zu zerstreuen.
„Wir brauchen den Porsche", begann Linda, nachdem auch Sigrid und Sabine versprochen hatten, sich nicht über sie zu mokieren. „Darum muss ja alles geheim bleiben, das ist ein wesentlicher Teil unseres Plans. Den Porsche verkauft Timmi, bevor wir durch-

brennen. Von dem Geld werden wir lange, lange leben können. Und wir werden Geld verdienen: Timmi ist Künstler, Sänger, Dichter. Und er wird auftreten und dafür Geld bekommen. Nicht sehr viel, aber immerhin. Außerdem kennt er sich gut mit Landwirtschaft aus, kein Wunder, er ist ja auf einer Plantage groß geworden, sozusagen. Wir werden Obst und Gemüse anbauen und es auf den Märkten verkaufen!"
„Und die Schule? Du wolltest doch nach den Sommerferien weiter zur Schule gehen, bist doch schon auf der Handelsschule angemeldet!"
„Ja, zunächst mal, ein paar Wochen, bis wir abhauen. Das musste ich ja machen, mich irgendwo bewerben, damit meine Eltern ruhig sind und keine Fragen stellen!"
Damit schwieg Linda. Die drei anderen nickten.
„Toll!", beendete Sabine das Schweigen. „So romantisch ist das. sein eigener Herr zu sein, musizieren, dabei genug Geld verdienen und besitzen, um bescheiden, aber sorgenfrei leben zu können ..." Sigrid stimmte dem zu, verzückt. Nur Karin schwieg.

„Linda, Linda, das war nicht gut ... Sie werden nicht locker lassen! Sie werden immer weiter bohren, werden immer mehr nach mir fragen und immer mehr von mir wissen wollen ..."
„Ach was, Timmi! Du kennst sie nicht, sie sind meine Freundinnen! Sie freuen sich mit mir, ich vertraue ihnen! Sei unbesorgt, du Lieber. Bald ist die gemeinsame Schulzeit zu Ende, ein paar Tage nur noch. Dann werden wir uns aus den Augen verlieren, die anderen Mädchen und ich. Und sie werden ihr Interesse an dir verlieren. Sie sind neidisch, weil du und ich so ein aufregendes Leben vor uns haben, und sie ein so langweiliges ... Und nun sorge dich nicht länger, halt mich fest im Arm und schlaf ... Schlaf mit mir ..."

Nach der Abschlussfahrt brach die letzte gemeinsame Schulwoche an. Es sollte eine ruhige Woche werden, alle Arbeiten waren geschrieben, die Noten der Abschlusszeugnisse standen bereits

fest. Die Unterrichtsstunden wurden zu Plauderstunden. Die Schüler erzählten von ihren Zukunftsplänen: Weiterführende Schule, Berufsausbildung, und dann mal sehen ...
„Heiraten will noch niemand von euch?“, fragte die Lehrerin unvermittelt - scherzhaft war‘s gemeint. Viele lachten.
„Doch!“, sagte Karin leise, aber vernehmlich, als sich die Heiterkeit gelegt hatte. Und sah Linda an. Die blickte zurück und wurde rot.
„Linda will heiraten!“, fuhr Karin fort und lächelte kalt und boshaft.
Sigrid und Sabine unterdrückten ihr Lachen.
„Dazu bist du doch noch zu jung!“, bemerkte die Lehrerin verwundert an Linda gewandt.
„Aber nicht in Gretna Green!“, erklärte Karin theatralisch.
„Ach, ihr Träumer!“, rief die Lehrerin aus, „Gretna Green, der Dorfschmied, der die Minderjährigen traut - das ist vorbei! Seit gut einem Jahr gibt’s das nicht mehr, es ist verboten worden! Zu viele Jugendliche sind durchgebrannt! Gretna Green ist genau so ein Jugendtraum wie Katmandu, da wollen auch alle hin, aufs Dach der Welt ... Die meisten Ausreißer kommen nicht mal über die Grenze!“
„Na, dann müsst ihr euch ja einen anderen Verwendungszweck für den Erlös aus dem Porsche-Verkauf einfallen lassen!“, sagte Sabine, und bemühte sich nicht mehr länger, ihr Lachen zu verschlucken. Sigrid und Karin fielen in das Lachen ein. Linda biss sich auf die Unterlippe, starrte auf einen unbestimmten Punkt auf ihrem Tisch und schien in sich zusammen zu sinken.
„Einen Porsche verkaufen? Wovon redet ihr? Lasst mich mitlachen!“, forderte die Lehrerin die drei auf.
„Ihr könntet ja ein Geschäft aufmachen, für holländischen Käse!“, höhnte Sigrid.
„Oder als Musikant und Märchenerzählerin auf Jahrmärkten auftreten!“, trat Sabine nach.
Linda, rot vor Scham und Wut, nahm ihre Schultasche und verließ schluchzend das Klassenzimmer.

Auf dem Flur blieb sie stehen, trocknete Tränen. Das Lachen im Klassenzimmer wurde immer lauter, immer hämischer, trotz der Ordnungsrufe ihrer Lehrerin. Sie konnte es hören. Die ganze Klasse lachte, lachte über Linda und Timotius Bakker.

Linda hatte sich in ihrem Zimmer eingeschlossen und weigerte sich beharrlich, es zu verlassen. Nicht einmal, um mit den Eltern zum Abend zu essen.
„Ich habe keinen Hunger, Mama!", erklärte sie ihrer besorgten Mutter wiederholt. Und das stimmte. Das Hohnlachen der ganzen Klasse hatte sich auf Lindas Magen gelegt. Sie würde nicht mehr dort hingehen. Sie war zum Gespött geworden, weil sie ihren vermeintlichen Freundinnen vertraut hatte. Und die hatten hinter ihrem Rücken intrigiert, sich über Linda lustig gemacht und ihr Geheimnis an die Schulklasse verraten.
Es war längst dunkel, und es war still im Haus. Alles schlief. Nur Linda lag wach, bei Kerzenlicht, und lauschte Cat Stevens, der leise sang:

*Who'll be my love*
*You'll be my love*
*You'll be my sky above*
*Who'll be my light*
*You'll be my light*
*You'll be my day and night*
*You'll be mine tonight*

Linda sah aus dem Fenster ihres Zimmers auf die beleuchtete Straße. Sie war beschämt und blamiert. Sicher - die Schule war bald vorbei. Aber sie lebte in einer kleinen Stadt. Noch lange würde sie das Gespött der Leute sein, dafür würden ihre falschen Freundinnen sorgen, das war sicher. Linda wünschte sich weg, irgendwo hin, ganz weit fort.

„Timmi, warum kommst du nicht und holst mich und bringst mich weg von hier, ganz weit weg, irgendwohin wo niemand mich kennt, wo niemand dich kennt, wo wir für uns sein können, uns lieb haben und immer zusammen sein ..."
„Ich komme doch mein Lieb, ich bin schon auf dem Weg zu dir ..."
Linda sah von ihrem Fenster aus zwei Autoscheinwerfer in der dunklen Seitenstraße aufleuchten. Schnell näherten sie sich der Kreuzung. Der Fahrer setzte den Blinker und das Auto bog in Lindas Straße ein. Ein roter Sportwagen, ein Porsche, hielt unter der Laterne, die Lindas Elternhaus gegenüberstand und die Straße matt beleuchtete. Das Fenster auf der Fahrerseite senkte sich. Eine Hand erschien und winkte Linda zu.
„Timmi ...! Timotius ...! Ich komme!"

*Herrlingen. Seit dem vergangenen Dienstag wird die 15-jährige Linda Herkand vermisst. Linda ist 1,80 m groß, schlank und hat blondes, gelocktes Haar. Zuletzt trug sie eine blaue Jeans, rote Segeltuchschuhe und eine weiße Bluse. Möglicherweise befindet sie sich in Begleitung eines jungen Mannes, der einen roten Porsche mit niederländischem Kennzeichen fährt. Hinweise über Lindas Aufenthalt nimmt jede Polizeidienststelle entgegen.*

## Zeus oder : Wecke nicht der Götter Zorn!

Lustlos baute Zeus kraft seiner göttlichen Gedanken einen Wolkenberg über dem Golf von Korinth - besser gesagt, über jenem Teil seines fast verlorenen Reiches, den die Menschen als „Golf von Korinth" bezeichnen. Vier kurz aufeinander folgende Donnerschläge ließen ihn aus seiner Trägheit auffahren. Verärgert blickte Zeus auf seinen Sohn Hephaistos, der unweit im Olymp kauerte. „Ich war's nicht!", drückte dessen resigniertes Schulterzucken aus; ihm zu Füßen lag sein von Rost überzogener Schmiedehammer. Zeus sah wieder auf das soeben geschaffene Wolkengebilde und erblickte eine Formation von vier Düsenmaschinen eines Jagdgeschwaders der griechischen Luftwaffe. Nach dem Start von ihrer Basis in Kato Axaia lenkten die Piloten ihre Fluggeräte Richtung Andirion mit dem Auftrag, eine fiktive Partisanenstellung anzugreifen. Inmitten der Wolken über dem Golf durchbrachen sie die Schallmauer.
„Fiktive Partisanenstellung ...!", schnaubte Zeus, der Allwissende, verächtlich, und gedachte der herrlichen, realen Land- und Wasserschlachten, wie sie vor langer, langer Zeit geführt wurden, viele davon ihm zu Ehren. Mann gegen Mann – das waren Kämpfe nach seinem Geschmack! Der Klang von Eisen auf Eisen, von Eisen auf Knochen und das Schreien der tödlich verwundeten Krieger waren Musik in seinen Ohren gewesen; die modernen, ferngesteuerten Massenvernichtungsschlachten in ihrer langweiligen Anonymität waren ihm ein Graus.

Gerade war ich eingeschlafen auf der Liege am Strand. Ein erster Traum begann, sich zu inszenieren: irgendetwas mit einer dreihundertjährigen Eiche in Nachbars Garten, die gefällt werden musste. Dabei hat mein Nachbar gar keine Eiche in seinem Garten.
Wie gesagt, gerade war ich eingeschlafen, dort am Strand, am frühen Nachmittag jenes Tages; waren die Nächte in dem Hotel dort auf dem Peloponnes doch alles andere als erholsam. Entweder klapperte die Klimaanlage, oder ein Kind brüllte in dem als

„familienfreundlich“ ausgewiesenen Hotel und weckte den halben Flur, oder stockbetrunkene Skandinavier waren laut singend auf dem Weg von der Hotelbar in ihre Zimmer. Oder alles zusammen.
Ich war also eingeschlafen und sah meinem Nachbarn dabei zu wie er sich anschickte, die riesige Eiche in seinem Garten zu fällen. Da riss mich Lärm - ein vierfacher Knall, gefolgt von infernalischem Brausen, aus dem Schlaf und beinahe von der Strandliege herunter. Vier Düsenjäger flogen in Richtung des nur wenige Kilometer entfernten Festlandes. Und das in einer Höhe von ein paar hundert Metern über den Strand hinweg, auf dem ich gerade versuchte, mich zu erholen. Nach dem dadurch ausgelösten Adrenalinschub war an Schlaf vorerst nicht mehr zu denken.

Zeus langweilte sich entsetzlich. Seit hunderten von Jahren hockte er nun schon tatenlos mit seiner Mischpoke im Olymp herum. Kein Mensch glaubte mehr an ihn und die anderen. Seine Frau wurde immer eifersüchtiger, und Ganymed, sein Lieblingsknabe, ebenso. Nicht völlig unberechtigt - träumte Zeus doch schon lange davon, wieder mal etwas Frisches, Junges in seinen immer noch recht starken Armen zu halten, zu herzen und zu liebkosen. Zum Beispiel so etwas wie den süßen, weichen Knaben, der dort unten am Wasser seines Reiches spielte, und dessen Geschrei bis in den Olymp drang und so die Aufmerksamkeit des obersten Gottes weckte.

Nicht genug damit, dass sich die griechische Luftwaffe auf den dritten Weltkrieg vorbereitete, musste sich auch noch eine Familie in unmittelbarer Nähe meiner Strandliege niederlassen: Mami, Papi und ihr dicklicher Sohn, „Tobi“ genannt. Ein verwöhntes Kind, erkannte ich schnell. „Tobi-will-dies-Tobi-will-das!“, erklärte er seinen Eltern in einer Tour und in einer Lautstärke, dass es eine Art hatte. Und sie gaben ihm dies und gaben ihm das, was der Bursche, sechs Jahre alt mochte er sein, mit ständig neuen Wünschen und Absichtserklärungen quittierte.

„Tobi geht mit Flipper schwimmen!“, erklärte der Sohn den Eltern, und schleifte einen lebensgroßen, aufgeblasenen Kunststoffdelphin an dessen Plastikschnauze hinter sich her.
„Nein, Tobi – das geht nicht! Du hast gerade gegessen und dein Bauch ist zu voll! Du musst noch warten!“, erklärte die Mutter, überraschend resolut. Nicht überraschend war Tobis Reaktion. Ein Gebrüll, das dem Lärm der Jagdbomber in nichts nachstand.
„Vielleicht sollte ich mich besser an die Bar setzen und mit ein paar netten Skandinaviern anfreunden ...“, dachte ich.

„Triton soll kommen!“, tönte die Stimme des Chefs durchs Hauptquartier. Lieber hätte Zeus seinen Bruder Poseidon mit dieser delikaten Angelegenheit betraut, aber dem wäre eben diese Aufgabe als nicht standesgemäß erschienen. Der spielte lieber „Schiffe versenken“. Aber dessen Sohn Triton, das verkommene Subjekt – der solle ruhig mal etwas für seinen Onkel tun, entschied Zeus. Kurz darauf kam der Neffe auf seinem langen Fischschwanz angerobbt, stützte sich dabei mit seinen gewaltigen, von Muscheln, Schnecken und anderem Getier besetzten Armen ab. Seine langen Haare hingen ihm ins hässliche Gesicht und über den breiten Rücken, sein üppiger Bart bedeckte die geschuppte Brust. Bart und Haare, von Tang und Algen durchwachsen, schimmerten grün; kleine, silbrig glänzende Fische hatten sich darin verfangen und zappelten im Todeskampf. Und der Kerl stank wie eine verendete Walschule, deren Kadaver schon tagelang am Strand lagen. Zeus unterdrückte die aufkommende Übelkeit.
„Hör zu, Triton, mein Neffe!“, flüsterte er, nachdem er sich vergewissert hatte, dass weder Hera noch Ganymed ihm lauschten, dem Meeresgott zu, „den Jungen da unten ...“

Tobi bekam seinen Willen, natürlich. Vermutlich nur, weil seine Eltern einen kleinen Mittagsschlaf auf ihren Liegen halten wollten, so wie ich. “Aber schön am Rand bleiben, nicht so weit raus schwimmen mit Flipper, hörst du?“, gab Mami dem mit Schwimm-

reifen versehenen, auf dem Delphin reitenden Jungen mit, um kurz darauf einzuschlummern, wie zuvor schon ihr Gatte.
„Ganz schön leichtsinnig ...“, dachte ich, dem Kinder normalerweise herzlich gleichgültig sind. Angenehm ruhig war es am Strand. Viele der kleinen Kinder hielten Mittagsschlaf auf den Zimmern, und deren Eltern mit ihnen. Wer sich jetzt am Strand aufhielt, döste in der spätsommerlichen Mittagshitze. Leise und gleichmäßig rauschten kleine Wellen an den Strand. Selbst der Wind hielt Mittagsruhe. Tobis Vater schnarchte leise, Tobis Mutter schlief lautlos. Auch ich war kurz davor, wieder einzuschlummern. Immer wieder klappten meine Lider zu. Strand, Wasser, Flipper, Tobi und das grüne Etwas begannen, ineinander zu verschwimmen ...
Was für ein grünes Etwas?
Und wo war Tobi?
Reiterlos dümpelte der Delphin in Strandnähe herum.
„Ihr Sohn! Ihr Sohn!“, schrie ich, sprang aus der Liege hoch, spurtete die wenigen Meter bis zum Wasser und hechtete hinein. Ein paar kräftige Kraulzüge durch das kristallklare Meer und ich sah Tobi, knapp unter der Wasseroberfläche – mit vor Todesangst weit aufgerissenen Augen blickte er mich an. Er hatte sich in einer Art Wasserpflanze, die sich ins Meer hinausbewegte, verfangen. Ein pestilenzialischer Geruch, den ich nie zuvor bemerkt hatte, lag über dem Wasser. Trotzdem holte ich tief Luft, tauchte und bekam den Jungen sofort an einem Arm zu fassen. Das grüne Etwas schien Widerstand zu leisten, doch ich bekam Grund unter den Füßen und konnte das Kind mit einem Ruck aus den Schlingarmen befreien.

„Dieser stinkende Schleimhaufen! Dieses wabbelige Ungeheuer! Dieser lebende Muschelfriedhof! Zu nichts zu gebrauchen ist dieser dämliche Halbfisch! Und so was ist meines Bruders Sohn!“ Der oberste Gott war außer sich vor Zorn und brüllte so laut, dass man es bis in die entlegensten Winkel des Olymp hören konnte. „Und dieser Mensch, dieser Erdling – was mischt der sich in göttliche Handlungen ein!“ Zeus war nicht zu bremsen. „Das große

Speien soll er kriegen! Und die Därme sollen ihm explodieren, diesem Möchtegerngott! Noch sind wir die Herren über Tod und Leben!“ Bei den letzten Worten hatte der Tobende sich den Hammer des Hephaistos gegriffen, schwang ihn drohend über dem hochroten Kopf und schleuderte ihn schließlich mit aller Kraft quer durch den Göttersitz. Dann warf er dem Hammer einige kräftige Blitze hinterher - etwas, das die Bewohner des Olymp schon lange nicht mehr gesehen hatten.

Das habe ich nun von meiner Lebensrettungsaktion. Warum hatte ich es nicht dem Vater überlassen, seinen Sohn zu retten? Betäubt von dem grässlichen Gestank der Wasserpflanze, konnte ich den laut brüllenden Tobi noch gerade eben an den Strand bringen und seinem Vater in die Arme werfen, bevor ich in eine kleine Ohnmacht fiel und zusammensackte. Nicht lange währte die Bewusstlosigkeit – ein gewaltiger Donnerschlag riss mich zurück ins Leben. Diesmal waren nicht Düsenjäger die Ursache, sondern ein beginnendes Gewitter, das kräftige Regengüsse und gewaltige Böen mit sich brachte. Und ein Gewitter setzte kurz darauf auch in meinem Bauch ein – offensichtlich hatte ich von dem verschmutzten Wasser geschluckt.
Und nun sitze ich fast ununterbrochen auf der Toilette meines Hotelzimmers, einen Eimer vor mir und genieße so die letzten Tage meiner Ferien. Bei Zeus und allen Göttern Griechenlands – so hatte ich mir den Urlaub in eurem Land nicht vorgestellt!

## 300 g

### *Mittwoch*

Er hat es wieder getan. Obwohl ich ihn immer und immer wieder gebeten habe, es sein zu lassen: Heute hat er es wieder getan.
Er weiß genau, was er damit anrichtet, er kennt mich. Er weiß, dass ich nicht widerstehen kann. Und er hat einen passenden Moment für seine infame Boshaftigkeit ausgesucht. Den Moment, als ich ihm erzählte, dass ich endlich die drei Kilogramm Urlaubsspeck los bin.
Er hat eine Schreibtischschublade geöffnet.
Hineingegriffen.
Breit gegrinst, über seine dicken Babywangen.
Wortlos hat er sie aus der Schublade herausgeholt und geöffnet, wortlos sie genau in die Mitte gestellt, dorthin, wo sich unsere Schreibtische berühren.
Da steht sie jetzt und lockt mich.
Und er sitzt da, tut so, als würde er arbeiten. Aber ich weiß genau - er beobachtet mich, wartet, dass ich schwach werde.
Du kannst lange warten, Schwabbel! Ich bin stark! Nicht eine einzige Erdnuss werde ich essen!

### *Mittwoch, etwas später*

100 g Erdnüsse, gesalzen und geröstet: 629 Kalorien.
300 g waren in der Dose.
Waren.
Ich habe sie nicht ganz alleine gegessen. Ein-, zweimal hat er auch hineingegriffen, mit spitzen Fingern. Hat sich jeweils zwei oder drei Nüsse herausgeklaubt und sie gegessen. Er kann das - mit spitzen Fingern zwei-drei Nüsse herausfischen.
Ich nicht.

Ich schütte mir eine große Portion in die Hand und stopf sie mir in den Mund. Immer und immer wieder. Bis die Dose leer ist. Er weiß, dass ich erdnusssüchtig bin.
Das wird er mir büßen.
Morgen lege ich eine geöffnete Riesentüte Haribo-Konfekt in die Mitte, dorthin, wo sich unsere Schreibtische berühren.
Da wird er nicht widerstehen können!
Ich allerdings auch nicht.

***Donnerstag***

Er hat sich gut gehalten.
Nur ein paar Gummibärchen und drei dieser Wabbeldinger, die ich sowieso nicht mag. Aber die Haribotüte ist leer.
Mir ist speiübel.
Er hat sich Kaffee geholt. Mir hat er auch eine Tasse mitgebracht. Das ist nett.
Und zum Dank für das Haribo-Konfekt hat er mir aus der Cafeteria ein Stück Schwarzwälderkirschtorte mitgebracht.
Lächelnd.
Boshaft lächelnd.
Am liebsten hätte ich die Torte in seinem Gesicht verrieben, so, wie es Stan Laurel und Oliver Hardy oft mit James Finlayson gemacht haben.
Aber: Mit Lebensmitteln spielt man nicht! Erziehung …
Sein Glück.
Sie war lecker, die Torte.

***Freitag***

Ein Mann ohne Bauch ist ein Krüppel, sagt er. Und findet das witzig. Findet das fast so witzig wie seine Sprüche über Elkes dicken Hintern. Oder seinen Witz über die Kokosnussdiät:

„Kannze alles essen außer Kokosnüsse, hörma!“ Jedes Mal schüttelt er sich vor Lachen darüber. So, dass sein Doppelkinn Twist tanzt und seine Männerbrüste den Hemdknöpfen das Äußerste abverlangen.

Haribo, Erdnüsse und Schwarzwälderkirschtorte - die Waage ächzte heute Morgen.
Demonstrativ habe ich meine gesamte Nahrung für den heutigen Tag vor mir auf dem Schreibtisch aufgebaut:
1,5 Liter Mineralwasser,
1 Apfel,
1 Naturjoghurt,
3 Karotten.
Ich habe ihn dabei voller Verachtung angesehen.
Er hat mich liebevoll lächelnd angeschaut.
Und hat eine 200-g-Tafel Trauben-Nuss-Schokolade dazugelegt.

***Samstag***

Arbeitsfrei.
Ich werde nur Mineralwasser trinken, gedünstetes Gemüse essen und 10 Kilometer joggen, damit ich bald wieder so schlank bin, wie ich es mal war. Ich will wieder stolz sein auf meine gute Figur, 78 kg bei einer Körpergröße von 185 cm.
Na ja.
Ganz wird es mir wohl nicht gelingen, solange ich mein Büro mit diesem hinterhältigen Subjekt teilen muss.

***Montag***

Die Füße tun mir weh.
Die Knie tun mir weh.
Die Bandscheiben drücken.
Ich kann mich kaum bewegen, kaum sitzen.
Und der Speckbulle hüpft durch die Gegend wie ein Fohlen. Das ist so ungerecht!
Der kriegt seinen Arsch kaum aus dem Sessel.
„Sport? Klar doch! Gewichtheben! Jeden Abend sechs Halbe stemmen!"
Ich laufe schwimme radle gymnastiziere - und fühl mich wie ein uralter Mann. Auch der Verzehr des großen Lübecker-Marzipanbrotes, das er mir geschenkt hat, macht mich nicht froh.

Immerhin: Mittwochabend gehe ich mit der kleinen Simone aus der Buchhaltung ins Kino. Die Mädels mögen nun mal keine Speckbullen, Speckbulle!

***Dienstag***

Heute Morgen hab ich gute Laune - daran kann auch er nichts ändern! Ich lächle sogar ein wenig über seine dummen Sprüche.
„Man soll nie mehr essen und trinken, als man mit aller Gewalt in sich reinkriegt!"
Dankend nehme ich ein großes Stück von dem Pflaumenkuchen, den seine Mutter für ihn gebacken hat. Ein sehr großes Stück. Ich werde zum Mittag nur einen kleinen Salat essen.
Ich freue mich so auf morgen Abend, auf den Kinobesuch mit Simone!

*Mittwoch*

Vorhin habe ich ihn angeschrieen! Ich kann seine dämlichen Witzchen nicht mehr ertragen! Jeden Morgen studiert er als erstes den Speiseplan der Kantine. Das geschieht nie ohne seine dümmlichen Kommentare. Stammtischniveau. „Erbsen-Bohnen-Linsen-bringen-den-Arsch-zum-Grinsen!"
Ob er seine Sprüche nicht für sich behalten könne, hab ich ihn angebrüllt.
Das Telefon nervt!
Der Chef geht mir auf den Geist!
Es regnet!
Meine Nerven liegen blank.
Simone hat abgesagt.
Mein einziger Trost war die Lasagne heute Mittag. Und der Karamelpudding zum Nachtisch.

*Donnerstag*

Simones Absage sitzt tief.

Müde sieht er aus, heute. Was ist denn los, Dickerchen? Hab ich ihn gefragt. Hast du dir den Magen verdorben? Hast du gestern zu lange Mau-Mau mit Mami gespielt? Bist du traurig, weil es heute Mittag kein Eisbein mit Sauerkraut und Kartoffelpü gibt? Du sagst doch immer, das Reh heißt mit Vornamen Kartoffelpü!
Nein? All das ist es nicht? Was dann?
Aha!
Du warst im Kino, gestern Abend!?
Und hinterher mit der Dame essen!?
Und hinterher noch sehr lange bei der Dame zuhause!?
Soso!
Specki geht mit einer Dame aus!

Wer ist denn diese Dame, hab ich ihn gefragt.
Du kennst sie, hat er gesagt, und verträumt vor sich hingelächelt.
Simone aus der Buchhaltung, hat er gesagt.
Was hat er, was ich nicht habe, Simone?

Heute Abend werde ich nicht ins Hallenbad gehen.
In der Schuhstraße hat ein neuer Italiener aufgemacht.

### *Freitag*

Mir ist übel. Ich habe mir den Magen verdorben.
Überfressen, gestern Abend.
Tomaten mit Mozzarella.
Eine Riesenpizza.
Tiramisu.
Zuviel Weizenbier.
Zuviel Grappa.
Geht nicht! sagt der Fettsack. Zuviel Grappa und Weizenbier geht nicht! Er fährt mit Simone übers Wochenende in den Harz, hat er mir vorgeschwärmt. Braunlage. Wurmbergblick.
Was ich am Wochenende machen werde, hat er gefragt.
Ich werde einen Plan ausarbeiten, wie ich dich loswerde, du Arschloch, habe ich gedacht.
Ich werde viel Sport treiben, habe ich gesagt.
Und vielleicht mit einem netten Mädchen ausgehen, habe ich gesagt. Und dann boshaft hinzugefügt: „Guter Hahn wird selten fett!"
Darüber konnte er lachen. Hat sich gekringelt vor Lachen.
Und dann ergänzt: „Ein schlechter Ficker wird immer dicker!"
Meinte er mich, dieser Kotzbrocken?
Vielleicht sollte ich wirklich an dem Plan arbeiten.

## *Montag*

Gut sieht er aus. Im Gegensatz zu mir. Er hat ein wenig Farbe bekommen. Natürlich sage ich ihm das nicht. Mir scheint, sein Hemdkragen ist etwas weiter geworden.
Ich sah ziemlich blass aus, als ich heute Morgen in den Spiegel schaute. Und das lag nicht nur daran, dass die Waage ein neues Rekordgewicht anzeigte. Ich zog meine bequemste Hose an und musste doch den obersten Knopf geöffnet lassen.
Ich hab das ganze Wochenende vor dem Fernseher verbracht.
Und im Bett.
Alleine.
Ich hab mich nur von Kartoffelchips, Erdnussflips und anderem Knabberzeug ernährt. Und von Bier.
Er wäre kaum zum Essen gekommen, sagt er.
Schmunzelt.
Sie wären viel gewandert, wenn sie es mal geschafft hätten, das Bett zu verlassen.

## *Drei Monate später*

Die Kollegen haben sich daran gewöhnt, dass ich im Jogginganzug zur Arbeit komme. Mein Chef glaubt mir, dass ich an einer Drüsenfunktionsstörung leide, die sehr erfolgversprechend behandelt wird, und dass es rausgeschmissenes Geld wäre, neue Garderobe zu kaufen.
Ich weiß nicht genau, wie viel ich wiege, meine Waage zeigt maximal 120 Kilogramm an.
Meine Mutter freut sich, dass ich wieder zu ihr gezogen und so ein guter Esser bin. Meine Lauferei hat ihr gar nicht gefallen, sagt sie.
Das sei nicht gut für die Gelenke, hat sie immer schon gesagt.
Und dass ich immer noch alleine lebe, freut sie auch.
Weil - die Frauen wollten ja eh alle nur mein Geld haben.

Mama war richtig bestürzt, als mein Kollege und Simone mich gestern besuchten. Er sah doch früher immer so gut aus, sagt sie. Er war so eine stattliche Erscheinung. Und ist jetzt so dürr.
Da kannst du mal sehen, hat Mama gesagt, was so eine Frau aus einem Mann machen kann. Sei froh, dass du mich hast!, hat Mama gesagt.
Bin ich, Mama! hab ich gesagt.

## Max.190

Obwohl ich ihn nie zuvor gesehen, nie von ihm gehört hatte, mehr noch - nicht wusste, dass es ihn gibt, habe ich ihn heute Morgen sofort erkannt. Beim Blick in den Rückspiegel sah ich ihn auf der Rückbank meines Autos sitzen: den Stirbdoch.

"Fährst du immer so langsam?", fragte er, ohne Gruß oder Einleitung.
"Wenn ich zur Arbeit fahre, schon. Zurück fahre ich etwas schneller", antwortete ich und versagte mir die Frage, was ihn das anginge.
"Da hat die niedersächsische Straßenbaubehörde eine so wunderschöne Autobahn gebaut, und du schleichst darüber hinweg. Findest du das nicht undankbar?"
Ich ignorierte seine Frage und drehte ein wenig am Lautstärkeregler des Autoradios.

*Please allow me to introduce myself*
*I'm a man of wealth and taste*

"Wie viel hat dein Auto gekostet? 20.000? 25.000? Mehr?"
"Was soll die Frage?"
"Reine Rhetorik. Du fährst ein gut ausgestattetes, sportliches Auto und dackelst hinter einem verrosteten Kleinwagen her. Der Filter deiner Klimaanlage kann den Dreck, den dessen veralteter Motor absondert, kaum bewältigen. Los, gib Gas! Wir haben was vor!"

Sein Argument bezüglich der Abgase hatte etwas Überzeugendes. Ich setzte den Blinker, scherte aus und überholte zügig den von einer hübschen Rothaarigen gelenkten Suzuki. Dann erst fiel mir sein letzter Satz auf. "Was haben wir vor?", fragte ich vorsichtig

und versuchte, im Rückspiegel seine Augen auszumachen, was mir nicht gelang.
"Fahr schneller, wir müssen in wenigen Minuten nahe der Abfahrt Kirchhorst sein."
Obwohl mir ein wenig unheimlich zumute war, folgte ich seiner Anweisung. Die Tachonadel zeigte auf 160. Kein Problem, normalerweise. Die Autobahn war ziemlich frei und sogar - untypisch für Spätherbst - trocken. "Was ist da, bei der Abfahrt Kirchhorst?", wollte ich wissen.
"Eine Autobahnbrücke."

*I was around when Jesus Christ*
*had his moment of doubt and pain*
*Made damn sure that Pilate*
*washed his hands and sealed his fate*

Die Musik wurde von einer Verkehrsdurchsage unterbrochen:
*Achtung Autofahrer: Auf der A2 in Richtung Braunschweig zwischen Lehrte-Ost und Hämelerwald irrt eine Person auf der Fahrbahn umher. Bitte fahren Sie dort langsam, vorsichtig, und überholen Sie nicht!*

"Das nützt ihm nichts ...", murmelte der Stirbdoch. Er lächelte, schien mir, augenlos und vollführte die Geste des auf-die-Armbanduhr-Sehens. Ich konnte keine Uhr an seinem Handgelenk entdecken. Ich erinnerte ihn an meine Frage. "Du wirst schon selbst darauf kommen!", orakelte er. Dann spürte ich seine Hand auf meiner rechten Schulter. Schwer, zentnerschwer, kam sie mir vor. "Fahr schneller", befahl mein Mitfahrer in einem Ton, der weder Fragen noch Widerspruch zuließ.

*Stuck around St. Petersburg*
*when I saw it was a time for a change.*
*Killed the Tzar and his ministers,*
*Anastasia screamed in vain*

Mit Tempo 190 flitzte ich mittlerweile über die Autobahn. Zwanzig Kilometer von zu Hause entfernt, nur wenige Minuten von meiner Arbeitsstelle getrennt. "Noch schneller!", forderte das Wesen hinter mir.
"Geht nicht!", sagte ich und deutete mit einer Kopfbewegung auf den kleinen weißen Aufkleber zwischen Tacho und Drehzahlmesser. **MAX. 190 km/h** stand darauf in fetten, schwarzen Lettern. "Winterreifen, weißt du?"
"Natürlich weiß ich", kam die Antwort. "Ich weiß alles, was die Menschen in meinem Revier betrifft, meine Kunden, sozusagen."
"Ich darf nicht schneller fahren, die Gummimischung der Reifen würde sich erhitzen, sich auflösen und ..."
"... der eine oder andere Reifen platzt! Du verlierst die Kontrolle über den Wagen, touchierst eine Leitplanke, schlägst mit deinem Auto einen eleganten Salto und prallst gegen den Brückenpfeiler. Weder deine Front- und Seitenairbags noch die integrierten Überrollbügel werden verhindern, dass dein Genick beim Aufprall bricht!"
Mir war klar - er meinte das ernst!

Merkwürdigerweise hatte ich keine Angst. Ich nahm seine Mitteilung hin wie den Korb einer begehrten Frau, das Ergebnis jeder Lottozahlenziehung oder eine der immer gleich lautenden Verlagsabsagen.

*I rode a tank*
*held a Gen'rals rank*
*when the Blitzkrieg raged*
*and the bodies stank*

"Und anschließend muss ich mich um den Burschen auf der A2 kümmern und seinen Liebeskummer beenden. Ach, es ist wieder ein arbeitsreicher Tag, heute ..."
Schon merkwürdig: da saß der Manager des Individualfinales auf dem Rücksitz meines Autos und stöhnte wie ein kleiner Beamter.

"Du sprachst eben von deinem Revier - was ist dein Revier?"
"Das geht dich zwar nichts an, aber wir liegen gut in der Zeit ...", honorierte er meine Fußbewegung, die dem Rüsselsheimer Erzeugnis die Höchstgeschwindigkeit entlockte. "Mein Revier ist Norddeutschland, ich bin hier für Unfälle zuständig. Verkehrsunfälle, Arbeits-, Jagd- und Sportunfälle. Hausfrauen, die beim Fensterputzen von der Leiter fallen, Kinder, die in der Turnhalle auf dem Trampolin herumhampeln, entwischte Kampfhunde und ähnliches. Naja, hin und wieder muss ich auch meinen Kollegen vertreten. Der ist zuständig für Altersschwäche und tödliche Krankheiten. Hinterher bin ich dann immer froh über meinen Job. So'n Unfall ist doch eine saubere Sache ... Freu dich, dass der Chef dich meiner Obhut unterstellt hat!"

*So if you meet me, have some courtesy*
*have some sympathy and some taste*
*Use all your well learned politesse*
*or I'll lay your soul to waste*

Ich freute mich nicht. Ich empfand überhaupt nichts mehr. Fühlte mich schon tot. Nur eines interessierte mich noch, während ich zu spüren glaubte, dass die Lenkung schwammig und unsicher wurde: "Und dann, was passiert dann? Ist dann alles vorbei, oder ..."
Er lachte. Er lachte lauthals. Der Stirbdoch saß hinter mir im Wagen und lachte lauthals.
"Du bist ganz schön neugierig, Menschlein!" Wieder ein Blick auf die Uhr. "Gleich sind wir da, halt das Tempo!", ordnete er an und erklärte: "Es wird dir gefallen. Im Grunde genommen ist kaum ein Unterschied zwischen dort und hier. Es gibt zwar keine Fußballplätze, Bowlingbahnen, Freizeitparks oder ähnliche Vergnügungsstätten, aber jede Menge kultureller Einrichtungen. Du wirst es mögen, andere haben da ein kleines Problem ..."

Mir kam ein berauschender Gedanke. "Sag mal: Rilke ..."

*Die Luft ist lau, wie in dem Sterbezimmer,*
*an dessen Türe schon der Tod steht still ...*

fiel mir der Stirbdoch mit ruhiger Stimme rezitierend ins Wort.

*... auf nassen Dächern liegt ein blasser Schimmer,*
*wie der der Kerze, die verlöschen will*

setzte ich mit leicht zitternder Stimme fort. "Ist er auch da?"
"Natürlich. Sie sind alle da. Raabe, Fontane, Morgenstern, Heine, die Manns, Böll ... Und sie halten regelmäßig Lesungen ab. Täglich liest irgendeiner von denen, an manchen Tagen sogar mehrere."
Ich begann, Gefallen daran zu finden.
Ja - ich sah mich, ehrfurchtsvoll Borchert lauschend, der sein „Schischyphusch“ vorlas, sah Ringelnatz seine „Kinder von Berlin“ vortragen und mich lautlos mitsprechen. Sah Feuchtwanger, Kästner und Tucholsky, Fallada und Joseph Roth. Und ich sah: mich - auf der Bühne!
Lesend! Und im großen Auditorium: sie ...!

"Ich schreibe auch!"
"Ich weiß ...", kam seine gelangweilte Antwort.
"Meinst du, ich könnte dort auch mal etwas ..."
"Ausgeschlossen!"
Heftige Enttäuschung zertrat zart keimendes Gefallen.
"Goethe und Schiller organisieren unseren Literaturbetrieb. Da haben Schreiberlinge wie du keine Chance. Zuhören - ja. Mehr - nein!"

*Pleased to meet you*
*hope you guess my name*
*But what's puzzling you*
*is the nature of my game*

Keine Lesungen, keine Leser, keine Zuhörer, keine Aufmerksamkeit. Dort noch weniger als hier.

"Was machst du da?", fragte er mich entsetzt.
"Siehst du doch - ich nehme den Fuß vom Gas und trete damit vorsichtig aufs Bremspedal!"
Er regte sich auf: "Sofort gibst du Gas! Wir sind in dreißig Sekunden an deinem persönlichen Terminationspunkt angelangt! Du kannst jetzt nicht so einfach ..."
"Doch. Ich kann. Ich hab' keine Lust, mit dem Schreiben aufzuhören. Hier gibt es ein paar, einige wenige – aber es gibt immerhin welche, die lesen meine Sachen ganz gerne. Das geb' ich so schnell nicht auf. Und ich geb' die Hoffnung nicht auf, vielleicht doch mal zu euren Lesungen zugelassen zu werden. Als Vortragender!"
Er tobte, keifte, schrie.
Wir passierten die Autobahnbrücke vor der Kirchhorster Abfahrt. Ich setzte den rechten Blinker und ordnete mich gemächlichen Tempos hinter einem polnischen Kleinlastwagen ein.

"Dann leb doch dein popeliges Leben weiter! Sonn' dich in kleinen und kleinsten Erfolgen inmitten Gleichgesinnter! Verzichte auf den Genuss, große Geister leibhaftig zu erleben! Träum' deine lachhaften Träume weiter! Mich siehst du so bald nicht wieder!", brüllte der Stirbdoch mich an.
Und war verschwunden.

**Noch was.**

Der 2. Februar 1957 war für die Welt ein eher ereignisarmer Tag – jedoch nicht für meine Eltern und mich. Meine Eltern wurden an jenem Tag um ihren geruhsamen Feierabend gebracht, und ich begann mit den Vorarbeiten zu dem Buch, das Sie nun in Ihren Händen halten.
Dass es über 50 Jahre dauerte, bis dieses Werk erschienen ist, liegt keinesfalls an – wie Sie möglicherweise vermuten – mir anzulastender Träg- oder gar Faulheit.
Vielmehr ist es so, dass ich bei den Arbeiten immer wieder für längere Zeiten unterbrochen wurde. Sei es durch Schul- und Berufsausbildungen oder durch Ausübung meines Berufes, dessen Bezeichnung doch recht nichtssagend ist im Gegensatz zu der des Drippendellers. Nicht, dass ich um des schnöden Mammons Willen täglich zwischen Celle – wo ich lebe – und Hannover – wo ich arbeite – pendle! Jedoch nährt das Dichten und Erzählen kaum seinen Mann, geschweige denn dessen Familie. Und so ist meine nicht-schriftstellerische Arbeit erforderlich gewesen, um zwei Söhne zu füttern. Sie dankten es, indem sie uns liebreizende Schwiegertöchter und Nika Luisa schenkten.
Ich wollte es nur erwähnt haben.

**Jörg Borgerding**
(http://joerg-borgerding.lima-city.de)

Eine Auswahl empfehlenswerter Bücher

**Erlkönig & Co –**
**Neue deutsche Balladen**
Anthologie
u. a. mit Balladen von
Jörg Borgerding
Geest-Verlag 2002
ISBN 10: 3-936389-34-9

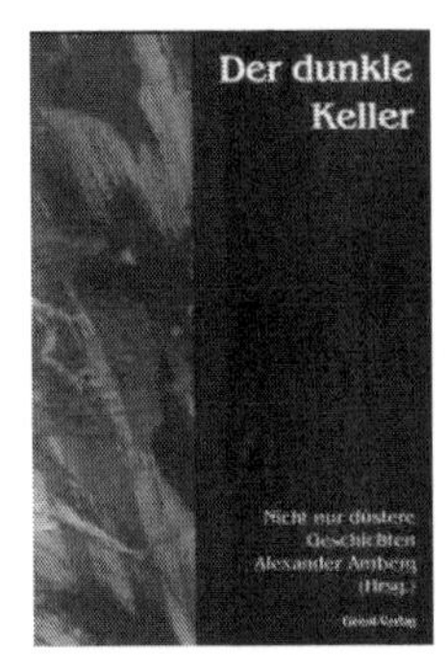


**Der dunkle Keller –**
**Nicht nur düstere Geschichten**
Anthologie
u. a. mit einer Geschichte von
Jörg Borgerding
Geest Verlag 2002
ISBN 10: 3-936389-23-3

**Johannes Reichhart:**
**Wien ist weit**
Erzählungen
Newcomer-Verlag 2003
ISBN 10: 3-9310-6916-8

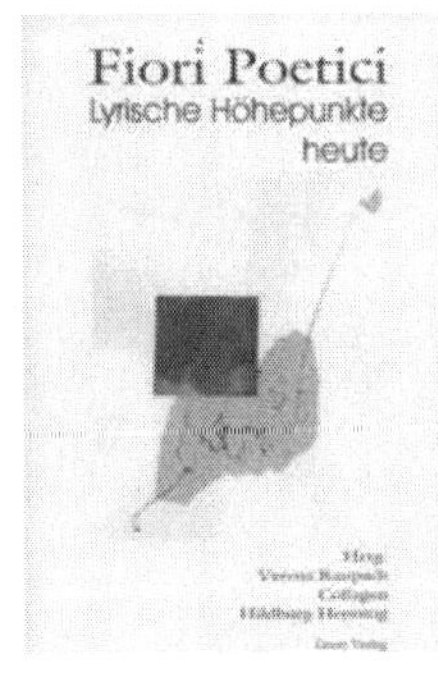


**Fiori Poetici**
Anthologie
Hrsg: Vera Raupach
Autoren u. a. Jörg Borgerding;
Wilhelm Homann
Geest-Verlag 2004
ISBN 10: 3-936389-97-8

**Klaus Schwingel:**
**Vaters Rad**
Eine saarländische Kindheit
1945-1956
Wartberg Verlag 2005
ISBN 10: 3-8313-1489-6

**Johannes Reichhart:**
**Niederösterreichisch-Deutsch**
Mundart-Wörterbuch
Knorr von Wolkenstein
Magdeburg 2006
ISBN: 978-3-00018-79-3

**Auslesen-Jahresband 2005**
Anthologie
Hrsg.: Wilhelm Homann
Auslesen-Verlag 2006
ISBN: 978-3-939487-00-5

**Ekkehard Zerbst:**
**Fänger jährlichen Regens.**
Lyrik
Auslesen-Verlag 2007
ISBN: 978-3-939487-01-2

**Auslesen-Jahresband 2006**
Anthologie
Hrsg.: Wilhelm Homann
Auslesen-Verlag 2007
ISBN: 978-3-939487-02-9

**Bess Dreyer:**
**parallele orte.**
Lyrik
Auslesen-Verlag 2007
ISBN: 978-3-939487-03-6

**Jörg Borgerding:**
**Paslam, Bayern.**
Erzählungen
Auslesen-Verlag 2007
2. Auflage Juli 2008
ISBN: 978-3-939487-04-3

**toll.er:**
**toll.dreist. die trilogie.**
Limitierte Sonderausgabe
der 3 Einzelbände
Auslesen-Verlag 2007
- vergriffen -

**Auslesen-Jahresband 2007**
Anthologie
Hrsg.: Wilhelm Homann
Auslesen-Verlag 2008
ISBN: 978-3-939487-05-0

**Otto Weyand:**
**Von Läusen und Menschen.**
In Zusammenarbeit mit
Alfred R. Schulz
Auslesen-Verlag 2008
ISBN: 978-3-939487-07-4

**Anneli Homann:**
**Der Blaudrache.**
Auslesen-Verlag 2008
ISBN: 978-3-939487-08-1

**toll.er:**
**toll.dreist I & II.**
Korrigierte und ergänzte
Neuauflage der ersten beiden
Bände der legendären Trilogie
Auslesen-Verlag 2008
ISBN: 978-3-939487-06-7